KB115079

리턴마스터

리턴 마스터 13

류승현 장편소설

초판 1쇄 찍은 날 § 2018년 7월 12일
초판 1쇄 펴낸 날 § 2018년 7월 19일

지은이 § 류승현
펴낸이 § 서경석

총괄팀장 § 최하나
편집책임 § 이종식
디자인 § 신현아

펴낸곳 § 도서출판 청어람
등록번호 § 제387-1999-000006호
등록일자 § 1999. 5. 31
어람번호 § 제1-2934호

주소 § 경기도 부천시 원미구 부일로 483번길 40 서경B/D 3F (우) 14640
전화 § 032-656-4452 팩스 § 032-656-4453
http://www.chungeoram.com
E-mail § chungeorambook@daum.net

ISBN 979-11-04-91787-5 04810
ISBN 979-11-04-91429-4 (세트)

13
[완결]

류승현 장편소설

리턴 마스터

FUSION FANTASTIC STORY

리턴 마스터

Contents

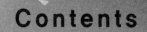

· 119장 ·
그림자의 힘

전승자는 거점의 천장을 올려다보며 멍한 얼굴로 말했다.

"방금… 1번 큐브가 사라졌습니다."

"뭐? 주한이 들어간 게 1번 큐브라고 했잖아?"

순이 기겁을 하며 물었다. 전승자는 돌침대에 누운 채로 고개를 끄덕였다.

"그렇습니다. 그런데 그냥 사라져 버렸습니다."

"어째서… 아니, 오히려 잘된 거 아닌가? 주한이 1번 큐브를 내부에서 파괴했다는 뜻이니까?"

"그럴지도 모릅니다만… 사라진 순간에 그 어떤 변화도 감지되지 않았습니다."

"그건 또 무슨 소리야?"

"저는 맵온과 더불어… 감정의 각인으로 보이디아 전역의 모든 수치의 변동을 실시간으로 확인하고 있습니다. 하지만 1번 큐브가 사라진 순간, 그 주변에 그 어떤 수치의 변동도 감지되지 않았습니다."

"…그래?"

슌은 눈살을 찌푸리며 이해할 수 없다는 표정을 지었다.

"근데 그러면 안 되는 건가? 딱히 문제 될 건 없잖아?"

"큐브는 스스로 막강한 저주의 기운을 뿜어내는 구조물입니다. 물이 가득 든 병이 깨졌는데… 정작 깨진 병 주위에 물이 하나도 흘러나오지 않으면 이상하지 않습니까? 어떻게 생각하십니까?"

확실히 이상했다.

하지만 슌의 머리로는 그것이 무엇을 의미하는지 조금도 파악할 수 없었다.

"미안하지만 나는 뇌만 인간이거든. 그 반대였다면 뭔가 신통한 대답을 해줬을지도 모르겠는데 말이야. 그보다도 좀 전에 다른 큐브들이 충돌했다고 하지 않았나?"

슌은 자신이 이해할 수 있는 사건으로 화제를 돌렸다. 그러자 멍해 있던 전승자의 눈에 약간의 빛이 돌아왔다.

"아, 그렇습니다. 2번, 3번, 4번 큐브가 충돌했습니다. 덕분에 여기까지 뒤흔들렸죠."

"그래서? 그 천리안으로 어떻게 되었는지 알 수 없나? 혹시 그 세 덩어리도 전부 파괴된 건가?"

"그건 아니고……."

전승자는 눈을 깜빡이며 한동안 고민하다 말했다.

"한 개가 남아 있습니다."

"오, 그럼 몇 번 큐브가 살아남은 거야?"

"그걸 모르겠습니다."

전승자는 한숨을 내쉬며 고개를 저었다.

"세 큐브의 충돌 장소에 제가 모르는 새로운 큐브가 있습니다. 어쩌면 큐브들이 충돌해서 파괴된 게 아니라… 오히려 하나의 거대한 큐브로 합체된 것일지도 모르겠군요."

"합체?"

슌은 어처구니없다는 얼굴로 물었다.

"왜 합체 같은 걸 해? 내부가 연결되어 있어서 물리적으로 뭉치는 건 의미 없다며?"

"저도 모릅니다. 제가 추측할 수 있는 건… 이 모든 일이 결국 초월자와 관계가 있다는 사실뿐입니다."

*　　　　*　　　　*

그 와중에도 세상은 다시 아름다운 풍경과 끔찍한 지옥을 번갈아 보여주며 날 현혹시켰다.

동시에 스텟창에 저주들이 생겼다 사라지기를 반복했다. 나는 혈청의 효과가 빠르게 사라지는 것을 느끼며 또다시 새로운 캡슐을 꺼내 먹었다.

일부러 느리게, 최대한 빈틈을 보이며.

하지만 그림자들은 결코 먼저 공격하지 않았다.

똑같이 생긴 3번과 4번 그림자는, 노인의 형상을 한 2번 그림자와 함께 피의 방벽을 전개하며 멈춰 있었다.

"어리석은 인간이군. 지금 우릴 상대로 작전을 짜는 건가?"

"전부 훤히 들여다보인다고."

"1번이 말하지 않았나? 여긴 우리들의 뇌 속이나 다름없어."

"우린 절대 먼저 공격하지 않을 거야."

"그러면 너무 싱거울 테니까."

"준비한 게 많다고 했지? 어서 먼저 공격해 봐."

3번과 4번이 번갈아 가며 도발했다. 나는 생각이 실시간으로 읽힌다는 것을 새삼 파악하며 고개를 저었다.

"골치 아픈 놈들이군……."

"나도 그렇게 생각하네."

그러자 피의 방벽 속에서 노인이 한 발 앞으로 나섰다.

"이 녀석들은 참으로 골치가 아프지. 하지만 나와 궁합이 잘 맞는 것도 사실이야. 그것이 지난 수십만 년 동안 나를 불편하게 만들었네."

"어차피 똑같은 머리에서 나온 파편 주제에, 서로 상성이란 게 있다는 건가?"

나는 노인의 몸을 구성하고 있는 저주의 흐름을 파악하며 반응을 살폈다. 노인은 기다렸다는 듯이 고개를 끄덕이며 웃었다.

"물론이네. 우리는 원해서 분리된 건 아니네만, 그렇다고 원해서 함께 모여 있던 것도 아니니까. 인간은 복잡한 존재지. 꼭 정신병자가 아니라도 말이야. 안 그런가?"

그 순간, 나는 미리 뿌려놨던 네 자루의 유체 금속 검을 동시에 날렸다.

콰직!

그리고 적들을 감싸고 있는 피의 방벽에 내리꽂았다. 노인은 방벽에 반쯤 파고든 칼날의 끝을 손가락으로 두드리며 웃었다.

"대단하군. 3번과 4번이 동시에 친 방벽을 관통하다니."

실제로 관통한 것은 아니다. 그저 반쯤 박혔을 뿐.

하지만 그것만으로도 충분했다.

파지지지지지지지지지지직!

동시에 발동된 검은 전류가 노인은 물론, 방벽 안쪽에 있는 모든 적들의 몸에 작열했다.

'효과가 있다.'

순간적으로 그림자들의 몸이 흐릿하게 흔들렸다.

하지만 정말 찰나의 순간이었다.

대신 모든 힘을 쏟아낸 오러 소드가 소멸했다. 나는 득달같이 새로운 오러 소드를 전개하며, 충전되어 있는 오러가 전부 소모될 때까지 같은 기술을 반복시켰다.

파지지지지지지지직!

파지지지지직!

파지지지지지지지지지직!

그림자들의 몸은 이리저리 흔들렸다.

하지만 피의 방벽은 사라지지 않았다. 대신 더 많은 피가 천장으로부터 떨어지고, 그렇게 쌓인 핏물이 그림자의 몸으로 집결하며 새로운 방벽의 초석이 되었다.

천장에 꿰여 있는 인간들은 장식품이 아니었다.

그들은 숨이 끊어지기 직전까지, 혹은 죽은 이후에도 계속해서 그림자들에게 힘을 공급하고 있었다.

그래서 나는 결국 끔찍한 결단을 내려야 했다.

"빌어먹을……."

나는 입술을 깨물며 천장을 향해 손을 뻗었다.

'노바로스의 파도!'

*   *   *

새빨간 불길이 온 세상을 뒤덮었다.

먼저 천장의 중심부에 충돌한 화염의 파도는, 그곳에 매달린 모든 인간을 잿더미로 만들며 사방으로 퍼져 나갔다.

이윽고 천장을 넘어, 벽면을 타고 지면까지 내려왔다. 그 때문에 바닥에 흥건하던 피 웅덩이들이 삽시간에 끓어오르며 증발하기 시작했다.

치이이이이이이이이익!

끔찍한 냄새를 풍기며.

그러자 노인이 고개를 끄덕이며 웃었다.

"현명한 판단이군. 확실히 방벽의 근원부터 끊어놓아야 승산이 있겠지. 자네 입장에서는 말이야."

하지만 여유 있는 말투와는 달리, 실제로는 그림자들에게 집결되던 저주의 흐름이 일순간 차단되었다.

"쳇, 귀찮게끔……."

"첫 관문은 돌파한 건가? 그렇다면……."

3번과 4번은 잔뜩 찌푸린 얼굴로 무언가를 중얼거리기 시작했다. 그러자 노인이 헛기침을 하며 천천히 고개를 저었다.

"여유라, 그렇지 않네. 내 말투는 원래 이렇지. 그것은 내가 가진 파편과 큰 연관이 있네."

"너는 무슨 파편인데?"

"파편이라고 딱 잘라서 하나의 핵심만 떨어져 나온 건 아니네. 여러 가지가 엉켜 있지. 하지만 굳이 하나를 꼽자면……."

노인은 양손으로 스스로를 가리키며 웃었다.

"교만이지."

"교만? 지금 스스로 교만하다고 말하는 건가?"

"인간에겐 누구나 교만함이 있지. 정도의 차이가 있을 뿐. 그리고 보이드는 매우 교만한 자였네."

그것은 예상 못 한 이야기였다. 나는 변환의 반지로 텅 빈 마력을 채우며 물었다.

"보이드는 타인과 소통이 어려운 타입 아니었나? 자폐증 같은?"

"자폐증이라. 그런 단어로 그를 정의할 수는 없지. 하지만 일부는 맞아. 그는 스스로 자신을 가뒀으니까."

"말장난을 하는 건가? 보통은 그걸 자폐증이라고 할 텐데?"

"여기서는 다르네. 보이드는 일부러 스스로를 타인과 격리시켰어. 왜냐하면……."

노인은 양팔을 펼치며 미소를 지었다.

"스스로가 너무 위대한 인간이라고 생각했으니까."

그 순간, 세상이 검게 물들었다.

"보이드는 자신이 천재라는 것을 알고 있었네. 단순한 천재를 뛰어넘은 경이로운 존재였지. 그토록 뛰어난 두뇌를 모아놓은 선구자들 중에서도 실제로 보이드의 경지에 닿은 자는 아무도 없었네."

어둠 속에서 목소리만 들려왔다. 하지만 저주의 흐름을 통해, 나는 노인이 무언가를 방 안에 풀어놓고 있다는 것을 파악했다.

"무슨 꿍꿍이지? 빛을 가린다고 달라질 건 없어."

"이건 그냥 장치라네. 자네를 현혹시키기 위해 만든 게 아니야. 그런 쪽은 3번과 4번의 특기지. 아, 1번도 어느 정도는 사용했지만 그는 약했어. 자네가 여기로 넘어온 것만 봐도 알 수 있지."

동시에 다시 세상이 밝아졌다.

그사이, 세상은 다시 지옥으로 변해 있었다.

방금 전과는 비교조차 할 수 없는, 강렬하고 끔찍한 비명들이 천장에서 쏟아지기 시작했다.

"어떻게……."

나는 천장을 노려보며 경악했다.

천장에 꿰인 인간들은, 이미 노바로스의 파도에 의해 재조차 남기지 못한 채 사라졌다.

하지만 그사이, 처음 보는 새로운 인간들이 새롭게 갈고리에 꿰여 있었다.

처음 들어왔을 때는 절반 이상이 죽은 인간이었고, 빈 갈고리도 종종 보였다.

하지만 지금 천장에 빈 갈고리는 존재하지 않았다. 영문도 모른 채 그곳에 꿰어버린 수많은 인간들의 절규만이 공간 전체를 지배할 뿐이었다.

그리고 피.

다시 천장에서 피가 떨어지기 시작한다. 노인은 어쩔 수 없다는 듯 고개를 숙여 보였다.

"놀라게 했다면 미안하네. 하지만 자네가 전부 태워 버리는 바람에 달리 방법이 없었어."

"대체 어디서 인간을……."

"아, 걱정할 필요 없네. 자네가 얼마 전까지 있던 지하 세계의 아이들은 아니니까."

그 순간, 나는 등줄기가 오싹해지는 것을 느꼈다.

'나 때문인가? 나 때문에 지하 세계가 들통난 건가?'

"뭐?"

노인은 재미있다는 표정으로 고개를 저었다.

"아, 그건 아니야. 자네가 생각해 버린 덕분에 지하 세계가 들통난 건 아니네. 우린 원래 다 알고 있었거든. 그러니 걱정 말게."

"그런데 어째서……."

"왜 그냥 내버려 뒀냐고? 그야 아무래도 상관없으니까."

노인은 어깨를 으쓱이며 설명했다.

"자네는 우리가 공허 합성체와 같은 존재라고 생각하나 본데, 결코 그렇지 않아. 우리는 그저 파편일 뿐이네. 이 큐브에 봉인되어 버린 애처로운 감정의 조각들일 뿐이지."

"아니……."

"호, 생각이 엄청나게 빠르군."

노인은 눈을 껌뻑이며 혀를 내둘렀다.

"뭐, 굳이 다 말로 할 필요는 없네. 내가 다 읽었으니까. 일단 가장 큰 의문부터 답하자면, 파편들은 딱히 외부의 일에 간섭하지 않네."

"하지만 지상에……."

"공허 합성체를 새롭게 소환해서 지상에 뿌리는 건 우리와 무관해. 그건 큐브가 스스로 작동해서 하는 일이지. 아, 파편과 큐브는 같은 존재가 아니냐고? 그렇기도 하지만 아니기도 해. 처음부터 큐브를 만든 건 우리가 아니니까."

"…뭐?"

"정확히는 보이드가 아니라고 해야겠군. 어쨌든 큐브를 만든 건 다른 선구자들이지 않나? 그들이 큐브에 어떤 장치를 했는지 우리가 어떻게 알겠나? 알면 여기 이렇게 갇혀 있지도 않을 테고."

"아……."

"그리고 저기 꿰뚫린 인간들은 내가 다른 차원에서 강제로 소환한 인간이네. 대규모 강제 소환이라고 하지."

"그건 레비의……."

"레비? 우릴 이렇게 만든 주동자 말이군. 아, 무슨 생각하는 지는 알겠네. 하지만 초월체들이 인간에게 내린 모든 각인은 사실 우리 차원에서는 일상적으로 개발되어 있던 기술이야. 당연히 보이드도 쓸 수 있었고, 어쩌다 보니 내 파편에 그 기술이 섞여 들어왔지. 이제 다 이해가 가는가?"

나는 생각을 앞서가는 노인의 말에 한동안 빠져 있었다.

동시에 발목도 피에 빠져 있었다.

'뭐지? 언제 이렇게 피가 많이 고인 거야?'

짧은 시간 동안 쏟아진 핏물의 양은 비정상일 정도로 많았다.

그리고 그 순간, 나는 반사적으로 시공간의 주머니 속에 손을 집어넣었다.

"음? 지금 뭐 하는 건가?"

노인이 물었다. 나는 새 혈청을 한 움큼 꺼내 한 개씩 씹어 먹으며 말했다.

"혈청을 먹고 있지. 왜, 먹고 싶나? 원한다면 하나 줄 수도 있는데."

"그게 아니라… 왜 다시 그걸 먹고 있느냔 말이네."

"뭔가 이상해서."

"뭐?"

"저 위에 매달린 인간은 얼핏 봐도 천 명이 넘어. 엄청나게 많지. 그런데 인간 한 명당 몸에 든 피는 기껏해야 6리터밖에 안 되거든?"

"……."

순간 노인이 몸을 움찔거리며 뒷걸음쳤다. 나는 어느새 다섯 개째의 새로운 혈청을 입안에 넣고 우물거렸다.

"음… 그러니까 인간 천 명이 가지고 있는 모든 피를 끌어모아 봤자 6천 리터밖에 안 된다는 거야. 근데 이 까마득하게 넓은 공간의 바닥 전체에 발목까지 차올랐어. 그게 말이 된다고 생각해?"

그리고 여섯 개째의 혈청을 씹은 순간, 갑자기 모든 게 일렁거리며 흔들렸다.

"그리고 인간은 피를 잃으면 죽어. 가진 피의 3분의 1만 흘려도 반드시 죽는다고. 그런데 저 위의 인간들은 저렇게 피를 흘려대고도 죽겠다고 소리를 질러대고 있지. 그러니까 이게 뭘 뜻하는 건가 하면……."

나는 눈을 질끈 감으며 일곱 개째의 혈청을 먹었다.

"너희들이 전부 지독한 거짓말쟁이라는 거다, 이 망할 놈의 그림자들아!"

*　　　　*　　　　*

그 순간, 세상이 돌변했다.

지옥 같던 거대한 홀은 온데간데없고, 그저 검게 물든 통로만이 길게 늘어서 있을 뿐이었다.

"1번 큐브와 같은 구조군······."

나는 통로를 살피며 중얼거렸다. 차이점이 있다면 사이즈가 두세 배쯤 높고 넓어졌다는 정도다.

그리고 그 통로의 한복판에 세 개의 그림자가 서 있었다.

기품 있던 노인도 아니고, 쌍둥이처럼 똑같이 생긴 두 젊은이도 아닌, 그저 새까만 그림자뿐이었다.

나는 감탄하며 고개를 끄덕였다.

"대단하군. 그러니까 그 지옥 같던 풍경까지도 전부 환각이었다는 거지? 환각을 또 다른 환각으로 덮어서, 처음 환각이 마치 진짜인 것처럼 위장했던 거야."

"잘도······."

그림자 중 하나가 비틀거리며 말했다. 이제는 전부 똑같이 생겨서 겉모습만으로는 누가 누구인지 구분할 수 없었다.

"잘도 눈치챘군. 조금만 더 시간을 끌었으면 죽일 수 있었을 텐데."

"그래. 진짜 위험했을지도 모르겠어."

확실히 몸 상태가 정상이 아니다. 환각에 빠져 있는 동안 실제로 무슨 일이 벌어졌는지 몰라도, 모든 종류의 스텟이 절반 가까이 떨어진 상태였다.

"실제로는 이런 일이 벌어졌지."

그림자가 말했다. 그러자 검은 벽면이 밝아지며 영상이 출력되기 시작했다.

그것은 나였다.

멍한 얼굴의 나는, 갑자기 텅 빈 공간으로 유체 금속 검을 날리며 허우적거리고 있었다.

그리고 잠시 후, 갑자기 손을 위로 뻗으며 노바로스의 파도를 뿜어냈다.

푸화아아아아아아아아악!

당연히 낮은 천장에 막힌 불길은 그대로 내 몸으로 쏟아졌다. 딱히 오러 실드나 다른 방어 마법을 쓰지 않았기 때문에, 순수한 오러가 대량으로 소모되며 억지로 불의 힘을 중화시켰다.

"솔직히 재밌었네. 현실의 그대와 환각 상태의 그대를 번갈아 보는 건 말이야."

"네가 2번 그림자인가 보군."

나는 고풍스러운 말투를 쓰는 그림자를 보며 웃었다.

"노인의 모습도 환각일 뿐이었나? 실제로는 그 새까만 모습에서 변할 수 없나 보군."

"이게 우리들의 본질이니까. 어쩔 수 없네. 파편은 아무리 해도 본체의 그림자일 뿐이지."

2번 그림자가 어깨를 으쓱였다. 그사이, 3번과 4번 그림자는 그 자리에 무릎을 꿇으며 몸을 꿈틀거리기 시작했다.

"으……."

"으으……."

"저것들은 왜 저러지?"

내가 물었다. 2번 그림자는 한숨을 쉬는 소리를 내며 말했다.

"그대에게 이중의 트랩을 걸었기 때문이지. 말처럼 쉬운 일이 아니거든. 가지고 있는 힘을 너무 많이 소모한 것뿐이야. 그래도 이대로 내버려 두면 언젠가는 다시 회복되겠지."

그 와중에도 통로의 벽면에서 검은 기운이 흘러넘치며 그림자들의 몸으로 흡수되고 있었다.

하지만 그들의 내부는 마치 텅 비어 있는 것처럼 공허했다. 어지간히 시간이 지나지 않는 이상, 소모한 저주의 힘을 원상 복구 하는 건 어려울 것 같았다.

2번 그림자는 체념한 듯 말했다.

"그리고 나도 마찬가지네. 자네가 환각에서 빠져나오지 못하도록 힘을 많이 써버렸지. 그래서 소감은 어떤가?"

"소감?"

"꽤 훌륭하지 않았나? 비록 실패했지만 나는 만족하고 있네. 초월체보다 더욱 초월체 같은 존재에게 이만큼 타격을 입혔으니 말이야."

"처음부터 이길 생각은 없었나? 힘 대 힘으로?"

"힘 대 힘?"

그림자는 코웃음 소리를 내며 고개를 저었다.

"우릴 너무 과대평가하는군. 그래, 인정하기 싫지만 그래도 허세를 좀 부려야겠어."

순간 2번 그림자의 몸이 처음 봤던 노인의 모습으로 변했다.

"긴장할 필요는 없네. 그저 내 모습만 바꿨을 뿐이니까. 그대의 육체에 큰 영향은 없어. 오히려 이걸 위해서 내가 남은 힘의 대부분을 날려 버렸지."

"그렇게 보이긴 한다만……."

나는 확실히 하기 위해 또 하나의 혈청을 꺼내 씹었다. 노인은 피식 웃으며 고개를 저었다.

"철저하군. 뭐, 좋아. 자네가 환각에서 빠져나온 순간 승패는 정해졌으니까. 이건 마지막 유언이라고 생각하고 들어주게."

마음만 먹으면 당장에라도 소멸시킬 수 있었다. 하지만 녀석들의 뒤쪽이 막혀 있다는 것을 확인하며 고개를 끄덕였다.

"다 들어주면 다른 큐브로 연결되는 통로가 열리는 건가?"

"그건 자연스럽게 열릴 테니 걱정 말게. 딱히 오래 걸릴 것도 아니고. 그저 내가 '교만'이라는 것을 말하고 싶었을 뿐이야."

노인은 웅크리고 있는 다른 그림자들의 머리 위에 손을 얹으며 말을 이었다.

"그리고 이것들은 공포와 두려움이지. 고통이기도 해. 그런 감정들을 가장 강하게 이어받은 파편이라고 할 수 있지."

"그래서?"

"공통점은 나약하다는 거지. 교만하다고 무슨 득이 있겠나?

공포나 두려움에 떨고, 고통에 굴복하고. 우린 모두 보이드의 약한 조각들일 뿐이야. 아, 1번 큐브에 있던 그 녀석도 마찬가지네. 그 녀석의 근본은 '열등감'이니까. 시기와 질투라고 할 수도 있고. 덕분에 우리와 힘을 합치는 걸 거부했네. 다 같은 부정적인 감정들인데 말이야."

"어차피 보이드는 모든 부정적인 근원이 모인 존재 아니었나?"

"하지만 힘을 가진 것도 있어."

노인은 미소를 지으며 고개를 저었다.

"진짜 힘을 가진 파편도 존재하네. 직접 만나면 알 수 있을 거야. 자, 이제 됐네. 난 하고 싶은 말을 다 했어. 빨리 우릴 베어버리고 다음 큐브로 넘어가게나."

"안 그래도 그럴 생각이지만……."

나는 손에 쥔 검에 오러 소드를 발동시키며 말했다.

"그전에 묻고 싶은 게 있다. 너희들은 2번과 3번과 4번이니까… 다음 구역은 5번 큐브가 되는 건가?"

"그렇지."

"스텔라는 너희들 중 한 명과 계약을 했다고 한다. 그게 누구지?"

"적어도 우리들은 아니야. 5번이나 6번 중 하나겠지."

"그림자를 모두 제거하면 극한의 부정체가 있는 곳에 도착하는 건가? 큐브는 모두 여섯 개였는데?"

"그건 직접 확인하시게. 나도 모르니까."

노인은 고개를 저었다. 나는 더 이상 시간을 끌지 않고, 곧바로 세 그림자를 향해 몸을 날리며 검을 휘둘렀다.

*　　　　*　　　　*

　　같은 시간. 레비그라스 차원에 스캐닝의 각인이 소멸해 버렸다.

　　하지만 시공간의 신인 크로아크의 성물은 과거에 이미 파괴되었다. 당시에 스캐닝 능력도 함께 사라졌고, 덕분에 레비그라스의 인간들은 자신들의 능력이 '영구적으로' 소멸했다는 사실을 아무도 눈치채지 못했다.

*　　　　*　　　　*

　　같은 시간. 레비그라스 차원에 맵온의 각인도 소멸해 버렸다.

　　하지만 마찬가지로 운명의 신인 젠투의 성물이었던 '회귀의 반지'는 과거에 이미 파괴되었다.

　　당시에 맵온 능력도 함께 사라졌고, 덕분에 레비그라스의 인간들은 자신들의 능력이 또 한 번 '영구적으로' 소멸했다는 사실을 눈치채지 못했다.

*　　　　*　　　　*

같은 시간. 레비그라스의 인류 중에 약 2%가 가지고 있던 감정의 각인이 소멸해 버렸다.

다만 감정의 각인은 하급이나 중급까지는 그다지 유용하지 않았으므로, 대부분의 소유자들은 소멸한 이후에도 특별한 불편함이나 이상을 느끼진 못했다.

＊　　　＊　　　＊

세 그림자를 모두 제거한 순간, 녀석들이 웅크리고 있던 자리에 구멍이 뚫렸다.

'여기로 내려가라는 건가?'

구멍 아래쪽은 일렁이는 불투명한 공간이라 건너편에 무엇이 있는지 확인이 불가능했다.

직접 넘어가 보기 전까지는.

하지만 성급하게 당장 뛰어 내려갈 수는 없었다. 나는 통로 근처의 벽에 기댄 채 주저앉으며 혀를 내둘렀다.

"환각 속의 환각이라니… 수법이 진화하는군."

만약 지상에 고인 혈액량의 이상을 눈치채지 못했다면, 그대로 지옥 같은 환각 속에서 허공을 향해 쉴 새 없이 공격을 퍼부어댔을 것이다.

거기에 직접적으로 육체에 피해를 끼치는 저주도 걸려 있었다.

[육체의 저주 — 대상의 기본 스탯을 서서히 떨어뜨린다.]

만약 걸려 있는 것을 모른 채로 끝없이 시간이 지난다면, 단지 이것만으로도 죽음에 이를 만큼 강력한 저주다.

'혈청이 모든 종류의 저주에 효과가 있어 망정이지… 없었으면 큰일 날 뻔했다. 전승자들은 여기까지 생각하고 대를 이어서 혈청을 만들어왔던 걸까?'

나는 김 소위의 얼굴을 떠올리며 쓴웃음을 지었다.

물론 혈청은 넉넉히 챙겨왔다. 하지만 상황이 이렇게 되니 마냥 안심할 수도 없는 노릇이었다.

'지금까지 만난 모든 그림자는 물리적인 전투가 아니라 정신적인 공격에 집중했다. 남은 그림자도 그렇지 말라는 법은 없지. 그리고 극한의 부정체도……'

확실한 것은, 이제 새로운 큐브로 넘어갈 때마다 대량의 혈청을 복용해야 한다는 사실이다.

두세 개로도 부족하고, 아예 다섯 개쯤 미리 준비해 놨다가 먹는 것이 안전할 것이다. 나는 생각난 김에 혈청을 한 움큼 꺼내 손에 쥐며 심호흡을 했다.

하지만 당장 그보다 중요한 건 소모된 스탯을 회복하는 것이다. 아깝지만 변환시켰던 마력을 다시 스케라로 반지에 저장한 다음, 주머니 속에 있는 마력 회복 포션을 꺼내 계속해서 마시기 시작했다.

'환각에 빠져서 이런 비효율적인 짓을 하다니…….'

하지만 어쩔 수 없다. 마력은 포션으로 회복이 가능하니까. 나는 변환의 반지로 소모된 오러를 전부 회복시키고, 다시 마력을 통해 변환의 반지를 회복시키며 끊임없이 포션을 마셔댔다.

덕분에 주변이 빈 병으로 금방 가득 차 버렸다. 나는 방금 마신 포션 병을 지면에 뚫린 통로로 집어 던지며 천천히 몸을 일으켰다.

남은 큐브는 이제 두 개였다. 나는 마음속으로 확신을 가지며 통로 아래로 뛰어내렸다.

'그림자들은 날 두려워하고 있다. 물리적으로는 절대 이길 수 없다는 걸 알고 있어.'

그러니 이런 식의 편법을 들고 나온 것이다.

하지만 세 그림자가 협력을 해도 통하지 않았다. 그러니 남은 두 그림자가 협력하더라도, 충분히 이겨내고 마무리를 지을 수 있을 것이다.

*   *   *

"큐브가 또 사라졌습니다."

전승자는 가까스로 몸을 일으킨 채 돌침대에 걸터앉아 있었다. 마찬가지로 침대에 걸터앉아 있던 슌은 손바닥에 뚫린 구멍을 열었다 닫았다 반복하며 물었다.

"2번, 3번, 4번이 합체한 그 큐브 말이야?"

"네. 실제로 합체한 건지는 모르지만… 아무튼 사라졌습니다."

"주한이 잘하고 있다는 증거겠지? 그런데 대체 안에서 뭘 하고 있는 거야?"

"저도 모릅니다."

"주한은 아직 살아 있고?"

"그것도 모릅니다. 말씀드렸다시피… 제 맵온으로는 큐브 안쪽의 상황까지는 파악할 수 없거든요."

"그것참 갑갑하구만. 뭐, 잘하고 있을 것 같지만… 그런데 다 끝나면 어떻게 되지?"

"무엇을 말씀이십니까?"

"주한 말이야. 큐브를 전부 파괴하고… 아니, 그 극한의 부정체를 제거한 다음에 어떻게 되는 거야?"

"어떻게 되긴요. 보이디아 차원이 구원을 받게 되겠죠."

"구원이야 모든 차원이 받게 되겠지. 내 말은 주한이 어떻게 되냐고. 큐브는 그 녀석의 힘으로도 파괴할 수 없는 거잖아? 물론 지금 하나씩 파괴되고 있긴 하지만."

"외부적으로 파괴는 불가능합니다. 무언가 내부적인 요인이 있는 거겠죠."

"그럼 다 끝나면 큐브가 전부 사라지고, 주한 그 녀석도 무사히 밖으로 빠져나오게 되는 건가?"

"저도 모릅니다."

전승자는 계속해서 고개를 저었다.

"무엇이 어떻게 될지는 아무도 모릅니다. 그저 세계가 구원받고, 초월자님도 무사히 돌아오시기를 기원하는 수밖에 도리가 없습니다."

"넌 대체 아는 게 뭐냐……."

슌은 쓸데없이 화풀이를 하며 고개를 돌렸다. 거점 안에는 아직도 계속되는 지진에 놀란 수백 명의 아이들이 모여들어 서로를 부둥켜안고 있었다.

슌은 코웃음을 치며 말했다.

"지진이 나면 원래 건물 안보다 밖에 있는 게 안전한데 말이지. 어차피 여긴 전부 똑같은 동굴이라 별로 의미는 없나?"

"그래도 거점이 조금 더 안전할 겁니다. 이 동굴은 지반이 좀 더 단단하거든요."

"뭐?"

슌은 즉시 몸을 일으키며 소리쳤다.

"지금 그걸 말이라고 하냐! 그럼 당장 모두 여기로 불러와야 할 거 아냐!"

"지하 세계의 인구는 1만 4천 명이 넘습니다. 거점이 아무리 넓어도 어차피 다 들어올 수 없습니다."

"그래도 할 수 있는 데까진 해야지!"

슌은 전승자의 멱살을 잡고 소리쳤다. 전승자는 고통스러운 표정으로 자신의 머리를 두드렸다.

"일단 가까운 곳에 있는 아이들은 불러오겠습니다. 하지만 저도 몸이 안 좋아서… 멀리까지 나갈 수가 없군요."

"됐어! 내가 나가서 끌고 올 테니 여기 있으라고!"

슌은 즉시 지면을 박차며 동굴 밖으로 몸을 날렸다. 전승자
는 한숨을 내쉬며 작은 목소리로 중얼거렸다.

"여기서 이렇게 있는 것도 고역이군요… 빨리 돌아와 주시기
바랍니다, 초월자님. 김 소위는 이러다가 정말 죽어버릴지도 모
르겠습니다……."

＊　　　　＊　　　　＊

5번 큐브에 착지한 순간, 나는 다시 지면을 박차며 공중으로
뛰어올랐다.

'여기도 도착 순간에 그림자가 환각을 썼을지 모르니까……'

일단 기존의 큐브로 다시 올라가 몸 상태를 다시 확인하는
게 안전했다.

하지만 그 찰나의 순간에 입구는 이미 막혀 있었다.

"큭!"

천장에 박치기를 먹이기 직전, 가까스로 손을 뻗어 충격을
흡수했다. 나는 처음보다 훨씬 빠르게 지면으로 착지하며 입속
의 혈청을 마구 씹었다.

'뭐지? 이미 환각 상태에 돌입한 건가? 아니면 원래 일방통행
이라 뒤로는 돌아갈 수 없는 건가?'

당장은 아무것도 확신할 수 없었다. 나는 미리 물고 있던 세

개의 혈청을 전부 씹은 다음, 재빨리 두 개를 더 꺼내 추가로 복용했다.

하지만 딱히 세상이 바뀌거나 하진 않았다.

도착한 곳은 1번 큐브와 비슷한 형태의 통로였다. 천장이 두 배쯤 높은 대신, 좌우의 폭은 약간 좁았다.

검은 기운이 벽에서 흘러나오는 것도 같았고, 통로의 끝에 그림자가 서 있는 것도 똑같았다.

5번 그림자.

녀석은 지난번의 그림자들처럼 자신의 모습을 인간처럼 바꾸려 하지 않았다.

다만 덩치가 더 컸고, 손에는 마찬가지로 그림자로 만들어진 칼을 쥐고 있었다.

그리고 아무 말도 하지 않았다. 나는 천천히 녀석에게 접근하며 먼저 말을 걸었다.

"전과는 분위기가 다르군. 5번 그림자라고 불러도 되나?"

"……"

"환각은 안 쓰는 모양인데, 정정당당하게 힘으로 승부할 생각인가?"

"……"

"말이 없군. 보이드의 조각 중에는 '침묵'도 있는 모양이지?"

나는 도발하듯 계속 질문하며 녀석을 살폈다.

무언가 다르다.

육체를 이루고 있는 저주의 밀집도가 대단히 촘촘하다. 기존의 그림자와는 달리 전혀 소모되지 않고 온전한 흐름과 형태를 갖추고 있다.

'흐름이 강력하다. 저주를 거느라 힘을 소모하지 않아서 그런 건가? 그게 아니라면……'

"다 너희들 때문이다."

그러자 그림자가 입을 열었다.

"모두 네놈들 때문이다, 내가 이렇게 된 건. 나는 너희들을 동료라고 믿었는데, 형제라고 믿었는데 배신당했다."

소름 끼치는 목소리였다. 하지면 녀석이 말하는 게 내가 아니라는 것만큼은 확실했다.

"미안하지만 나는 선구자가 아니다. 녀석들이 변신한 초월체도 아니고, 그냥 평범한 인간이다."

"헛소리."

그림자는 마치 침을 뱉듯, 검은 덩어리 하나를 바닥에 뿌렸다.

"이제 와서 내 앞에 서는 게 두려운 건가? 나는 네놈들 모두를 기억하고 있다. 영원히 잊을 수 없지. 얼마나 기다렸는지 모른다. 너희 다섯 놈을 찢어죽일 이 순간을."

그리고 쥐고 있던 칼을 치켜들었다. 나는 눈을 가늘게 뜨며 유체 금속 검을 공중으로 띄워 올렸다.

"아마도 다섯 초월체를 말하나 본데… 네 눈에는 내가 다섯 명으로 보이나? 그 새까만 얼굴 어디에 눈알이 달려 있긴 한 거야?"

"너는 그들이다. 나는 알 수 있다."

그 순간, 나는 녀석을 향해 유체 금속 검을 발사했다.

쉬이익!

통로가 좁아 사방으로 퍼뜨릴 수 없다. 때문에 반대로 검 끝을 하나로 모아 힘을 집중시켰다.

그러자 그림자도 칼을 휘둘렀다.

파지지지지지지지지직!

동시에 세 자루의 유체 금속 검이 땅에 떨어졌다. 나는 녀석의 검 끝에서 방출된 검은 전류를 노려보며 전율했다.

그것은 나와 같은 종류의 힘이었다.

'저 검은 기운이… 저주가 아니라 오러였어?'

그 순간, 그림자의 몸이 순간적으로 확장되며 바닥에 떨어진 유체 금속 검을 집어삼켰다.

'아니!'

나는 반사적으로 유체 금속 검을 컨트롤했다. 하지만 순식간에 연결이 끊어져 존재 자체를 인식할 수 없었다.

'뭐지? 뭐가 어떻게 된 거지?'

"쓸데없는 짓은 하지 마라. 이딴 장난감으로 끝날 싸움이 아니니까."

그림자는 낮은 목소리로 중얼거렸다. 그리고 지면을 박차며 내 쪽으로 몸을 날렸다.

*　　　　*　　　　*

순간적으로 나는 목이 날아간 듯한 착각을 느꼈다.

아슬아슬하게 피했지만 목덜미에는 여전히 소름 끼치는 감촉이 남아 있었다. 그림자는 좁은 간격으로 짧고 간결한 베기와 찌르기를 반복해서 날렸다.

정교하다.

그리고 엄청나게 빨랐다. 위력은 직접 검을 맞부딪히기 전까지는 알 수 없겠지만, 어쨌든 맞으면 죽는다는 사실엔 변함이 없을 것이다.

'저게 진짜 오러라면… 오러 실드는 의미가 없다.'

오러는 모든 종류의 힘에 극강의 내구력을 자랑한다.

하지만 같은 오러의 직격에는 믿을 수 없을 만큼 약하다. 전술핵을 맞고도 버텨내는 소드 마스터라 해도, 같은 소드 마스터가 휘두른 오러 소드에는 단칼에 목이 날아갈 수 있는 것이다.

나는 칼끝으로 적의 검로를 제한하며 계속 뒷걸음을 쳤다.

'이건 제대로 된 검술이다. 어떻게 그림자가 이런 기술을 쓸 수 있는 거지?'

그 순간, 정교하던 녀석의 칼 놀림이 점차 대담해지기 시작했다.

"도망치지 마!"

그리고 소리를 지르며 수직으로 검을 내리그었다.

파지지지지지지지직!

동시에 통로 전체로 검은 전류가 뻗어나갔다. 나는 먼저 날아오는 전류를 오러 실드로 막아낸 다음, 뒤이어 떨어지는 적의 공격을 칼날로 받아냈다.

파지지지지지지지지직!

그것은 엄청난 충격이었다.

공간 전체가 지진이라도 난 것처럼 울려댔다. 서로의 검에서 방전된 검은 전류가 통로를 꽉 채우며 서로의 오러를 빠른 속도로 갉아먹기 시작했다.

"제대로 덤벼라, 이 더러운 녀석들!"

그림자는 충격에 몸을 떨면서도 계속해서 공격을 퍼부었다. 나는 통로의 끝이 얼마 남지 않았다는 것을 파악하며 선 자세로 계속해서 공격을 막아냈다.

"직접 싸웠으면 한주먹거리도 안 되는 놈들이!"

"너희 모두가 한통속으로 날 속였어!"

"내가 잊을 것 같아? 특히 레비! 네놈이 내 정신을 속박했지!"

"난 계속해서 저항했다. 머릿속으로! 그 끔찍한 부정의 본질들이 몽땅 내 안으로 흘러 들어오는 그 순간까지!"

그림자는 절규에 절규를 거듭했다.

덕분에 나는 깨달을 수 있었다.

녀석은 보이드의 분노, 그리고 증오가 집결된 파편이다.

그것은 배신당한 보이드의 입장에서 볼 때, 가장 강력하고 절실한 감정이었을 것이다.

지금까지 상대했던 열등감과 교만, 공포와 두려움 따위와는 상대도 되지 않는 압도적인 힘이었다.

나는 오러가 빠르게 소모되는 와중에도 방어에 급급할 수밖에 없을 정도로 몰렸다.

단지 육체적으로 몰린 게 아니다, 적의 기세에 눌려 정신적으로도 확실하게 위축되었다.

그 순간, 누군가의 목소리가 머릿속에 떠올랐다.

─검술이란, 적을 자신의 의도대로 움직이게끔 만드는 기술이다.

그것은 이미 죽은 팔틱 선생님의 목소리였다.

하지만 내 목소리처럼 들리기도 했고, 어쩐지 엑페의 말투처럼 느껴지기도 했다.

핵심은 적의 강렬한 감정이었다.

녀석이 쏟아내는 분노가 너무 강해서, 나는 마치 그것에 밀리고 당하는 것이 당연한 것처럼 느껴질 정도였다.

'이것도 일종의 환각일까? 자신의 감정으로 상대의 움직임을 제한하다니… 인간은 흉내 내기 힘든 막강한 검술이군.'

나는 마음속으로 실소했다.

동시에 칼을 살짝 거두며 상반신을 앞으로 내밀었다.

완벽한 무방비의 빈틈.

너무도 거대한 빈틈에 놀랄 만도 하건만, 그림자는 한순간의 주저도 없이 내 얼굴을 향해 칼을 휘둘렀다.

하지만 나는 더 이상 그곳에 없었다.

나는 마치 깃털이라도 된 것처럼 적이 휘두른 강력한 검풍에 의해 닿기도 전에 뒤로 떠밀렸다.

"…뭐지?"

그림자도 방금 전의 움직임만큼은 놀란 듯했다. 나는 통로의 끝에 등을 붙인 채, 한숨을 몰아쉬었다.

'다행히 통하는군. 밀폐된 공간이라 위력이 안 나오면 어쩌나 했는데……'

내가 사용한 것은 바람의 정령왕인 쿨로다의 힘인 '세계'였다.

이것은 나를 중심으로 1km의 공간에 바람을 원하는 대로 조종하는 마법이다.

문제는 큐브의 내부에는 바람이 불지 않는다는 점이다.

하지만 그림자가 몸을 움직이고, 특히 엄청난 속도로 검을 휘두를 때마다 발생하는 풍압만으로도 충분했다. 나는 초당 10씩 줄어드는 마력을 확인하며 즉시 적을 향해 몸을 날렸다.

내가 질주하며 생기는 바람까지 모두 재활용을 하며, 더욱 빠르게 등을 떠밀었다.

그림자는 아슬아슬하게 반응했다. 녀석은 칼날을 세우며 내 첫 공격을 막아냈고.

파지지지지지지지직!

나는 충돌 순간 발생한 풍압을 활용, 적과 벽의 사이에 난 좁은 틈을 순식간에 빠져나갔다.

푸확!

동시에 적의 허리를 깊게 베었다. 그림자는 갈라진 허리의 공간을 빠르게 메우며 뒤쪽으로 몸을 회전했다.

하지만 내가 더 빨랐다.

나는 적이 만들어내는 모든 바람을 내 것으로 활용하며, 백 덤블링으로 녀석의 머리 위를 뛰어넘었다.

다시 원래의 위치로 돌아온 것이다.

하지만 적은 그렇게 하지 못했다. 나는 텅 빈 적의 등을 향해 사선으로 검을 내리그었다.

하지만 착각이었다.

파지지지지지지지지지직!

녀석은 뒤돌은 채로 검을 뒤로 휘두르며 내 공격을 받아냈다.

'뭐지? 등 뒤에도 눈이 달린 건가?'

"…어리석군. 내가 인간으로 보이나?"

그림자는 뒤돌은 자세 그대로 새로운 공세를 퍼부었다. 그제 야 나는 녀석의 몸에 전후가 없다는 것을 파악하며 탄식했다.

녀석은 얼굴도 없고, 눈도 없으며, 입도 없다.

그저 검은 기운이 뭉쳐져서 만들어진 그림자 인형일 뿐이다. 나는 스스로의 착각으로 인해 허를 찔렸다는 것을 인정하며 쓴웃음을 지었다.

하지만 아무래도 상관없었다.

적의 맹렬한 분노는 더 이상 내 육체를 속박하지 못했다. 나는 이 좁은 공간에 발생하는 모든 바람을 내 몸에 집중했다. 이는 그 어떤 것도 내 몸을 건드릴 수 없다는 것을 의미한다.

적이 더욱 빠르고 강하게 움직일수록 나 역시 더 빠르게 그것을 피할 수 있다.

하지만 분노에 사로잡힌 적은 그 사실을 파악하지 못했다.

분명 내 마음을 읽을 수 있음에도, 내가 생각하는 것을 분석하고 새로운 답을 내놓을 여유가 없었다.

그 순간, 그림자의 얼굴에 공간이 열리며 검은 기운이 뿜어져 나왔다.

푸화아아아아아아아아아악!

그것은 새로운 패턴이었다.

말하자면 입김을 뿜은 셈이다. 물론 입김 또한 바람이었기 때문에, 나는 더욱 수월하게 그것을 피할 수 있었다.

'내가 바람을 이용한다는 걸 알면서도, 아예 더 강한 바람을 만들어주는 건가?'

나는 코웃음을 쳤다.

하지만 코웃음 소리가 실제로 발생하기도 전에, 눈앞의 모든 것이 새빨갛게 물들었다.

그것은 눈부신 화염의 폭발이었다.

콰과과과과과과과과과과과과과과광!

피할 공간이 없다.

통로 전체가 압축된 화염으로 꽉 차 있다. 나는 반대쪽 벽에 등을 붙인 채 오러 실드와 노바로스의 방벽을 동시에 전개했다.

'이제 와서 불이라니……'

그것은 공허 합성체들이 뿜어내는 검은 기운의 폭발과 비슷했다.

물론 위력은 더 강했다. 특히 좁고 밀폐된 공간 안에 집중된 덕분에, 폭발의 압력만으로도 짓눌려 터질 지경이었다.

노바로스의 방벽은 3초도 버티지 못했다.

그나마 오러 실드가 효과적으로 버텨주었다. 나는 몇 번이나 새로운 실드를 전개하며 끝없이 터지는 폭발과 화염의 시너지를 견뎌냈다.

'쿨로다의 세계를 해지한다!'

통로 전체가 불꽃과 폭발로 꽉 찬 이상, 더 이상 빠르게 움직이는 건 의미가 없다.

나는 남은 마력으로 간간히 노바로스의 방벽을 만들어 빠르게 줄어드는 오러를 약간이나마 보완하는 데 주력했다.

하지만 폭발은 멈출 기미를 보이지 않고 계속해서 작열했다.

콰과과과과과과과광!

콰과과과과과광!

콰과과과과과과과과광!

태양 속에 들어간 기분이 이런 걸까?

폭발은 끝도 없이 터지고, 터지고, 또 터졌다.

그것은 배신당한 보이드가 느꼈을 분노, 그 자체였다.

'미치겠군.'

그 와중에도 오러와 마력은 빠른 속도로 줄어들었다. 나는 변환의 반지 하나를 통째로 오러로 전환하며 초조함을 느꼈다.

'변환의 반지의 스케라를 전부 사용하면 더 이상 뒤가 없다. 일단 이 위기만 넘기면 마력 회복 포션을 활용할 수 있겠지

만⋯⋯.'

하지만 마력 회복 포션이라고 무한정 남아 있는 건 아니다. 그 사이 두 개째의 변환의 반지를 전부 사용했고, 남은 것은 이제 하나뿐이었다.

하지만 그림자는 태양이 아니었다.

마치 영겁과도 같은 시간이었지만, 실제로는 고작 100초도 지나지 않았다.

실제로 100초가 지나자 폭발이 점점 기세를 잃으며 사그라졌다. 나는 신음 소리와 함께 한숨을 내쉬며 정면의 적을 노려보았다.

5번 그림자는 더 이상 그곳에 없었다.

남은 것은 희미한 연기뿐이었다. 녀석은 자신의 모든 힘을 다 쏟아낸 그 와중에도, 여전히 얼굴에 구멍을 열고 더욱 희미한 검은 기운을 뿜어내고 있었다.

하지만 거기까지가 한계였다.

"빌어먹을⋯⋯."

그림자는 마지막으로 중얼거리며 연기와 함께 흩어졌다.

"빌어먹을 초월체들⋯ 너희는 결코 여길 빠져나갈 수 없다. 여기가 네놈들의 무덤이니까. 처음부터 그랬고, 끝까지 그럴 거다. 그 더러운 욕망이 이뤄질 날은 결코 오지 않아⋯⋯."

• 120장 •
공허의 지배자

같은 시간. 레비그라스에 존재하는 모든 전이의 각인과 텔레포트 게이트가 소멸했다.

물론 전이의 각인은 이미 사라진 상태라 문제가 없었다. 하지만 레비그라스 전역에 깔려 있던 텔레포트 게이트의 소멸은 가까스로 공허 합성체와의 전쟁을 버텨내고 있던 사람들에게 강렬한 충격을 안겨주었다.

*　　　*　　　*

5번 그림자는 끝까지 나를 초월체로 착각했다.

그것이 막판까지 나를 몰아붙인 힘의 근원이었을까? 녀석은 말 그대로 자신이 가진 모든 것을 불태워 버렸다.

나는 초월체가 아닌데도.

어쩌면 내가 가진 초월 능력을 감지하고 분노를 폭발시켰는지도 모른다. 나는 다섯 가지 각인 능력을 모두 최상급 초월 능력으로 가지고 있다. 그런 면에서 보면 녀석이 증오하는 다섯 초월체 모두를 포함하고 있다고 해도 과언은 아니었다.

물론 나는 나일 뿐이다.

그리고 나 역시 초월체들의 행태에 분노했다. 애당초 그들이 그런 일을 벌이지 않았다면, 이런 돌이킬 수 없는 재앙은 발생하지 않았을 것이다.

"이번엔 정말 위험했어……."

나는 벽에 등을 기댄 채 바닥에 주저앉았다.

예상과 달리 5번 그림자는 환각을 사용하지 않았다.

하지만 지금까지 싸운 그 어떤 그림자보다 강력했다. 그림자들의 힘은 자신들이 품은 보이드의 감정에 따라 차이가 있는 것이 확실했다.

그렇게 생각하면 큰 고비는 넘긴 셈이다. 보이드의 입장에서 가장 강력한 감정은 분노와 증오였을 테니까.

'그러고 보니 스텔라와 계약을 맺었는지를 물어보지 않았군.'

나는 마나 포션을 꾸역꾸역 마시며 생각했다.

상황을 보면 아직 만나지 않은 6번 그림자일 가능성이 높다. 그렇다면 다음에 넘어갈 6번 큐브에 스텔라도 함께 있을 것이다.

그리고 극한의 부정체도.

'그런데 극한의 부정체는 결국 초월체 아닌가? 굳이 따지면 사악한 초월체인 셈인데……'

그것이 어떤 형태로 이 큐브에 갇혀 있는지 전혀 감이 오질 않는다.

어쩌면 아직 보이드라는 인간의 외형을 유지하고 있는지도 모른다. 대신 의식과 감정이 그림자의 형태로 분열되었으므로, 정작 본체는 텅 빈 껍데기일 가능성도 배제할 수 없다.

뭐가 어찌 되었든, 결국 다음 큐브가 마지막이다.

그리고 방금 꺼낸 마나 회복 포션도 마지막 병이었다.

"아슬아슬하군……."

나는 스스로의 스텟을 확인하며 고개를 저었다.

차오르는 마력을 스케라로 전환시키고, 전환시킨 스케라를 다시 오러로 회복시키는 과정을 끊임없이 반복했다.

덕분에 가장 중요한 오러는 최대치에 근접하게 회복시켰다.

하지만 그게 전부였다. 변환의 반지는 텅 비었고, 마력은 200 정도까지 회복된 상태로 멈춰 버렸다.

"이젠 무조건 직접 싸울 수밖에 없나?"

나는 새까맣게 그을린 유체 금속 덩어리를 바라보며 입술을 깨물었다.

유체 금속은 내부가 텅 비어 있었다. 5번 그림자가 삼킨 다음에 오러를 방전시켰거나, 혹은 자신의 힘으로 빨아들여 더욱 강력한 폭발을 일으킨 것이리라.

'이제 와서 다시 유체 금속에 오러를 충전하는 건 위험하다. 더 이상 여분이 없어. 하지만 아예 활용하지 않을 수도 없고……'

고민 끝에 유체 금속 한 덩이당 30의 오러를 충전시켰다.

이 정도면 한두 번 정도는 오러 소드를 발동시킬 수 있을 것이다. 나는 몇 가지 전투 패턴을 머릿속에 그리며 천천히 몸을 일으켰다.

출구는 이번에도 바닥에 뚫려 있었다.

5번 그림자가 사라진 바로 그 장소였다. 전과는 달리 구멍 자체가 매우 작아서, 사람 하나가 들어가면 남는 공간이 별로 남지 않을 정도였다.

"설마 내려가는 도중에 막히진 않겠지……."

나는 구멍 아래를 내려다보며 혼자 중얼거렸다.

이제 그만 내려가야 한다.

하지만 쉽게 발이 떨어지지 않았다. 두려움 때문은 아니었다. 마지막 큐브로 넘어가기 전에, 어떻게든 조금이라도 더 만반의 준비를 갖추고 싶었다.

'뭔가 잊고 있는 게 없을까? 시공간의 주머니 속에 챙겨온 것들 중에……'

그래서 주머니에 손을 넣고 한참을 허우적거렸다. 하지만 당장 내 스텟을 회복시켜 줄 만한 포션은 하나도 남아 있지 않았다.

'마력이 200밖에 없는 게 자꾸 눈에 밟힌다. 어떻게든 좀 더

회복시키고 싶은데……'

새로 얻은 쿨로다의 힘을 쓰기 위해서라도 충분한 마력은 필수였다. 비록 아쿠렘의 금고 속에 대량의 마력이 남아 있긴 하지만, 그것은 또 다른 아쿠렘의 힘을 쓸 때만 활용할 수 있다는 게 문제였다.

'이제 와서 좁은 큐브 내부에 거대한 드래곤을 소환할 수도 없는 노릇이고… 약한 물의 정령은 소환해 봤자 의미가 없어.'

나는 필사적으로 생각했다. 그리고 굳이 당장 여기서 바로 내려갈 필요가 없다는 결론에 도달했다.

'시간을 끌면 조금이라도 특수 스텟들이 회복되지 않을까?'

5번 그림자는 오러의 힘을 사용했다. 그렇다면 큐브의 내부에도 오러의 근원이 되는 마나가 존재할지 모른다.

하지만 감정의 각인을 사용한 결과는 절망적이었다.

[사용자를 중심으로, 반경 10㎞ 내의 마나의 농도는 비교 불가능. 현재 해당 지역 마나의 농도는 0%.]

"망할 그림자는 마나가 하나도 없는데 어떻게 오러를 사용한 거야!"

나는 의도적으로 버럭 소리쳤다. 5번 큐브의 내부는 지난 큐브들과는 달리 완벽한 무음 상태라 오히려 귀가 먹먹했다.

나는 호흡을 가다듬으며 계속해서 감정의 각인을 사용했다.

[사용자를 중심으로, 반경 10㎞ 내의 스케라의 농도는 비교 불가능. 현재 해당 지역 스케라의 농도는 0%.]

[사용자를 중심으로, 반경 10㎞ 내의 저주 농도는 비교 불가능. 현재 해당 지역 저주의 농도는 100%.]

"저주로 꽉 찬 세상인가……."

나는 한숨을 쉬며 고개를 저었다.

엄밀히 말하면 저주 말고 다른 힘의 근원이 존재하지 않는다고 해야겠지만, 어쨌든 간에 시간이 지나도 오러나 마력이 회복되지 않는다는 것만큼은 확실했다.

그래서 나는 끝까지 아껴놓은 최후의 카드를 만지작거렸다.

퀘스트1: 신성제국을 무너뜨려라(최상급) ― 성공!

이걸로 오러나 마력의 스텟을 높인다면, 적어도 높인 만큼의 스텟은 회복될 것이다.

'예전에 셀리아 왕녀에게 들은 이야기로는⋯ 하급은 10, 중급은 20, 상급은 40이 오른다고 한다.'

그렇다면 최상급은 80이 오를 것이다.

80.

고작 80이다. 나는 피식 웃으며 생각했다.

'최대 스텟 80이 한 번에 오르는데 고작이라니⋯ 레비그라스

의 인간들이 들으면 눈이 뒤집어지겠군.'

하지만 당장 내게 필요한 건 80의 최대 스텟이 아니라 200의 현재 스텟이다.

물론 레벨이 오를 테니 자잘한 기본 스텟도 함께 오를 것이다. 하지만 그래봤자 오르나 마력이 바닥나 버리면 큰 의미는 없다.

"빌어먹을……."

나는 그 와중에도 천천히 회복되고 있는 유일한 스텟을 노려보며 이를 갈았다.

저주: 401(514)

혈청을 무더기로 먹은 탓에 더 이상 최대 스텟이 오르진 않았지만, 혈청을 먹을 때마다 뚝뚝 떨어지는 현재 스텟은 꾸준히 회복되고 있다.

그 순간, 머릿속에 빛이 번득였다.

'내가 왜 이걸 생각 못 했지?'

너무 쉽고 뻔한 방법이라, 오히려 생각을 못 한 게 이상할 지경이다.

나는 즉시 변환의 반지를 입가로 가져가며 물었다.

"지금 반지 속에는 스케라가 얼마나 충전되어 있지?"

─반지 하나당 704의 스케라를 충전할 수 있습니다. 현재 세 개의 반지에 충전된 스케라의 총량은 0입니다.

반지의 인공지능은 즉시 대답하며 경고했다.

─변환의 반지는 충전된 스케라의 일부를 동력으로 활용합니다. 매우 소량의 스케라를 소모하지만, 충전량이 0이면 활동이 정지될 수 있으니 약간의 스케라를 충천하시는 것을 추천합니다.

"좋아. 그런데 혹시 저주 스텟으로도 반지의 스케라를 충전할 수 있나?"

─네. 변환율은 2:1입니다.

"그럼 당장 400의 저주를 사용해서 반지의 스케라를 충전해라."

─네.

순간 몸속의 불쾌한 것들이 싹 쓸려 나가며 왼쪽 손가락으로 집중되었다.

"헉……."

그것은 태어나서 처음 느껴보는 상쾌함이었다.

하고 나서야 알 수 있었다. 지금까지 내가 얼마나 불쾌한 힘을 몸 안에 품고 살고 있었는지…….

─앞으로는 '저주로 반지 충전'이라는 키워드로 작동이 가능합니다. 반대로 '저주 충전'이라는 키워드로 스케라를 저주로 변환시킬 수 있습니다.

"그걸 쓸 일은 영원히 없을 거다. 그럼 오러 충전부터."

─네. 완료했습니다.

그러자 유체 금속 검을 충전하느라 소모된 오러가 다시 꽉 채워졌다. 그러자 반지는 내 생각을 미리 읽으며 말을 이었다.

—현재 반지에 남은 스케라는 20입니다. 이를 통해 회복시킬 수 있는 '마력'은 약 13입니다. 마력을 회복하시겠습니까?

"아니, 일단 나중에."

나는 고개를 저으며 심호흡을 거듭했다.

그러자 느낄 수 있었다. 마치 새로 태어난 듯 깨끗한 몸속으로, 검고 더러운 힘의 근원이 빠르게 채워지기 시작하는 것을.

하지만 지금은 그 힘이 생명줄이나 다름없었다. 나는 그대로 바닥에 주저앉아 버리며 안도의 한숨을 내쉬었다.

'이걸로 모든 스텟을 꽉 채울 수 있겠군. 시간만 충분히 투자하면 변환의 반지까지 모조리……'

그런데 그때, 큐브 내부가 강하게 흔들렸다.

쿠구구구구구구구구……

동시에 천장에서 돌 조각들이 마구 떨어지기 시작했다. 나는 쩍쩍 금이 가는 벽면을 노려보며 재빨리 몸을 일으켰다.

'뭐지? 큐브가 무너지는 건가?'

그것은 마치 마음 놓고 회복하는 꼴을 못 보겠다는 경고와도 같았다. 나는 어떻게든 시간을 끌었고, 결국 큐브 전체가 붕괴되려는 마지막 순간에 출구 아래로 뛰어내렸다.

*　　　　*　　　　*

"5번 큐브도 사라졌습니다."

전승자는 다 마신 꿀 병에 손가락을 집어넣고는 싹싹 훑으며 말했다.

"그리고 먹을 걸 좀 더 주십시오. 아이들을 끌어모으느라 머리를 너무 많이 사용했습니다."

"내가 이걸 지키고 있는 건 말이야."

슌은 걸터앉아 있는 각종 보급 상자를 두드리며 말했다.

"네가 먹지 못하도록 막기 위해서가 아니다. 저 아이들을 막기 위해서지."

거점은 이미 천 명이 넘는 아이들로 꽉 들어찬 상태였다.

그중에, 특히 슌의 주위에 몰려 있는 아이들은 간절히 갈망하는 눈으로 그가 앉아 있는 상자를 바라보고 있었다. 전승자는 상자의 옆에 뚫려 있는 구멍으로 손을 집어넣고 두툼한 깡통을 하나 꺼내 들었다.

"그럼 바로 먹겠습니다."

"정신력이 소모된 거 아닌가? 꿀을 마시는 게 좋지 않겠어?"

"텔레파시는 정신력뿐만 아니라 체력까지 소모합니다. 제가 가진 능력들이 대부분 그렇죠."

전승자는 능숙한 솜씨로 캔 뚜껑을 따며 말했다. 슌은 슬금슬금 다가오는 아이들을 향해 눈에서 빛을 뿜어내며 경고했다.

"가까이 오지 마! 지금은 이걸 너희들에게 줄 수 없다고!"

"이제 남은 큐브는 6번뿐입니다. 초월자께서 성공하면 이걸로 축제를 벌여도 되겠군요."

"축제는 무슨. 여기 있는 아이들에게 콩 한 조각씩만 나눠줘도 금방 바닥이 날걸?"

"그래도 상관없습니다."

전승자는 자신이 누워 있던 돌침대를 바라보며 말했다.

"만약에 보이디아가 정화된다면, 우린 다시 지상으로 올라가서 문명을 회복할 테니까요."

"그것참 긍정적인 생각이군. 농사라도 지을 생각인가? 석기시대부터?"

"아닙니다. 필요한 건 모두 이 아래 봉인되어 있습니다."

"침대 안에?"

"정확히는 거점의 지하라고 해야겠지만요. 때가 되면 다시 꺼내서 지상으로 올라갈 겁니다."

전승자는 부드러운 눈빛으로 돌침대를 쓰다듬었다. 슌은 코웃음을 치며 고개를 저었다.

"하, 그게 뭔진 모르겠다만, 적어도 16만 년 전의 물건 아닌가?"

"그렇습니다."

"그럼 전부 썩지 않았겠어? 녹이 슬어서 부식되었다던가."

"이 아래 담겨 있는 건 반영구적으로 유지가 가능한 특수 합금입니다. 최상급들의 핵심부를 감싸고 있던 것과 같은 종류의 금속이죠. 아마도 백만 년이 지나도 멀쩡할 겁니다."

"백만 년이라… 뭐, 좋아."

슌은 뒤쪽에서 몰래 기어오던 아이를 향해 돌 조각을 집어던지며 소리쳤다.

"오지 말라니까? 내가 손가락 하나 까딱하면 여기 있는 너희 모두 1초 만에 죽일 수 있어!"

"가능하면 부디 살려주십시오. 여기 있는 아이들은 모두 신생 보이디아의 새로운 초석이 될 겁니다."

"쳇, 겁만 준 거라고."

슌은 위협하듯 오른 주먹을 빙글빙글 돌리며 말했다.

"주한의 말로는 여기 있는 아이들의 목숨을 파리 목숨만도 못하게 여기고 있다더니, 희망이 보이니까 갑자기 태도가 달라진 건가, 전승자? 아니, 김 소위?"

"물건의 가치는 상황에 따라 달라지는 법이니까요. 어제는 밥벌레에 불과했지만⋯ 내일은 유전자의 다양성 위해 반드시 필요한 핵심이 될 수도 있습니다."

전승자는 냉정하게 말했다. 슌은 맘에 안 든다는 표정으로 고개를 저었다.

그리고 그 순간.

쿠구구구구구구구구구구구구구⋯⋯.

지금까지 중에 가장 큰 진동이 거점을 뒤흔들기 시작했다. 슌은 천장에서 떨어지는 거대한 바위 더미를 노려보며 소리쳤다.

"모두 피해!"

하지만 거점은 사람으로 꽉 차 있어, 피할 공간은 어디에도 없었다. 슌은 가지고 있는 스케라를 극한까지 끌어 올리며 공중으로 날아올랐다.

　　　　　*　　　　　*　　　　　*

　그곳은 우주였다.

　검게 펼쳐진 끝없는 공간 너머로, 작은 빛을 내는 별들이 희미하게 수놓아져 있다.

　'뭐지, 여긴?'

　지금까지와는 확연히 다른 공간이었다. 혹시 또 환각에 걸린 건가 싶어 혈청을 마구 먹어댔지만, 특별히 변하는 것은 없었다.

　추락하는 속도는 완만했다.

　그것은 이곳이 무중력 상태가 아니라는 증거였다. 나는 멍하니 주변을 살피다 아래쪽을 내려 보았다.

　그곳엔 하얗게 빛나는 원형의 판이 놓여 있었다. 직경은 백 미터 정도로, 나는 그 판의 정중앙에 착지하며 몸을 웅크렸다.

　쿵!

　그리고 바닥을 굴렀다.

　지면에 발이 닿는 순간, 발목과 무릎에 엄청난 충격이 전해졌다. 추락 속도는 빠르지 않았지만, 그렇다고 사뿐히 착지할 만큼 느린 것은 아니었다.

　문제는 그게 아니다.

　고작 이 정도의 충격으로 몸이 아프다는 것 자체가 문제였다. 나는 시큰거리는 무릎을 부여잡으며 가까스로 몸을 일으켰다.

몸이 무겁다.

마치 푹 젖은 솜옷이라도 입은 것처럼 온몸이 무거웠다.

쥐고 있던 팔틱의 검에도 상당한 무게가 느껴졌다. 갑작스러운 변화에 도무지 갈피를 잡지 못했고, 결국 스캐닝을 쓰고 나서야 문제의 원인을 파악할 수 있었다.

이름: 레너드 조
레벨: 1
종족: 지구인

기본 능력
근력: 18(20)
체력: 21(24)
내구력: 13(15)
정신력: 71(99)
항마력: 0(0)

특수 능력
오러: 0
마력: 0
신성: 0
스케라: 0
저주: 0

레벨이 1로 돌아왔다.

그렇게 고생해서 회복시켜 놓은 오러도, 마력도, 모두 흔적조차 없이 사라졌다.

"지금… 꿈을 꾸고 있는 건가?"

나는 반사적으로 혈청을 더 꺼내 먹었다.

차라리 이 모든 게 환각이면 좋았을 텐데.

하지만 안타깝게도 현실이었다. 혹은 혈청으로도 회복시킬 수 없는 막강한 저주 마법이라든가.

그러자 정면에 누군가 나타나며 말했다.

"그럴지도 모르지."

목소리의 주인은 30살쯤 되어 보이는 남자였다. 학구적인 분위기였지만 눈에 초점이 잡혀 있지 않았고, 좀 더 자세히 보자 생각보다 키가 크고 덩치가 있었다.

'역시 환각이군. 그림자는 모두 압축된 검은 기운의 형태를 가지고 있다. 인간처럼 보이는 건 환각을 쓰고 있는 거야. 문제는 어떻게 이 환각에서 빠져나오느냐인데……'

"그럴지도 모르지."

남자는 똑같은 말을 반복하며 한 걸음씩 내 쪽으로 다가왔다.

"이 모든 게 환각일지도 몰라. 얼마 전에 돌아온 스텔라는 내가 만들어낸 상상에 불과하고, 사실 진짜 나는 여전히 책상 앞에 앉아서 본질에 대한 연구를 계속하고 있을지도 모르지."

"스텔라는 여기 있나?"

"그래. 만약 내가 만들어낸 환상이 아니라면 말이지."

남자가 무표정한 얼굴로 오른손을 들었다. 그러자 검은 우주 저편의 공간이 흔들리며 금발의 여자가 모습을 드러냈다.

"스텔라……."

나는 마른침을 삼키며 그녀를 바라보았다.

스텔라는 기절한 듯 눈을 감고 있었다.

원래도 하얀 피부는 마치 밀랍처럼 창백해 보였다. 웅크린 몸은 얼어붙은 것처럼 경직된 채, 마치 죽은 것처럼 꼼짝도 하지 않았다.

그제야 나는 이곳이 정체불명의 우주 공간이 아니라는 것을 깨닫고 중얼거렸다.

"시공간의 주머니……."

"그래, 맞아. 6번 큐브는 네가 가지고 있는 그 주머니와 비슷한 구조를 가지고 있지."

남자는 양팔을 펼치며 말했다.

"그리고 시공간의 주머니에 들어온 인간은 저렇게 돼. 원래는 안 되지만, 초월체의 징표가 있으면 가능하지."

"이것도… 환각인가?"

"그럴지도 모르지. 혹시 궁금하면 원반 밖으로 뛰어내려 봐. 어쩌면 환각에서 풀려날지도 모르고, 아니면 너도 스텔라와 똑같이 굳어버릴 테지."

남자는 아무래도 상관없다는 표정이었다. 그리고 나는 오러도 마력도 없는 평범한 인간인 채로 적을 향해 돌진했다.

'상관없어. 이게 환각이라면 어떻게든 국면을 전환시켜야 한다.'

돌진이라고 해봤자 평범한 속도로 달릴 뿐이었다. 무릎이 아프고 검이 무거워서 마음껏 내달릴 수가 없었다.

"어쩌면 말이지."

남자는 내가 휘두른 칼을 가볍게 피하며 말했다.

"내가 가진 이 모든 힘도 환상일지 몰라."

"큭!"

나는 빗나간 검을 급하게 거두며 뒷걸음을 쳤다.

어깨가 빠질 것 같다.

검이 너무 무겁고, 동작이 과하게 컸다.

몸에 익힌 검술까지 사라진 것은 아니다. 하지만 그 모든 건 인간을 초월한 육체에 바탕이 된 움직임이었기 때문에, 평범한 인간이 쓰기엔 무리가 있었다.

"하지만 걱정하지 마. 이 힘이 환상이 아니라 해도… 네게 기회가 없는 건 아니니까."

남자는 양 주먹을 쥔 채, 권투라도 할 것 같은 묘한 자세를 잡았다.

나는 이를 갈며 칼을 세워 들었다.

'어떻게 하지? 환각에서 빠져나올 방법이 없다면… 이대로 계속 당할 수밖에 없나?'

"계속 당할 필요는 없어."

남자는 가벼운 스텝을 밟으며 내 쪽으로 다가왔다.

그 역시 나처럼 평범한 인간의 움직임이었다. 평범한 인간 중에서는 꽤나 단련된 듯한…….

"어차피 오래 끌지 못하니까. 오러도 마력도 없고, 저주도 신성도 없고, 거기에 스케라도 없는 인간은 말이지."

나는 간격을 짧게 해서 최대한 간결한 베기를 날렸다.

부웅!

그러자 남자는 기다렸다는 듯이, 그 간격보다 빠르게 안쪽으로 들어왔다.

그리고 내 명치에 주먹을 날렸다.

빡!

순간적으로 숨이 쉬어지지 않았다. 나는 쥐고 있던 검마저 놓친 채 뒷걸음을 치며 물러났다.

"컥… 으… 이런……."

"아프지? 다들 그렇게 아프다고. 하지만 나도 마찬가지야. 맞으면 아프고, 부러지면 비명을 지르고, 잘리면 죽는 평범한 인간이다."

남자는 목을 긋는 시늉을 하며 웃었다.

하지만 입만 웃고 눈은 경직된 반쪽짜리 웃음이었다. 나는 가까스로 호흡을 반복하며 고개를 저었다.

"쓸데없이 디테일하군. 환각을 유지하기 위해서 스스로의 힘도 약하게 설정한 건가?"

"그럴지도 모르지."

남자는 선 채로 한 바퀴를 빙글 돌며 말했다.

"하지만 아닐지도 몰라. 6번 큐브는 원래 이런 공간이지. 내부로 들어온 모든 존재의 힘을 박탈해. 너도 마찬가지고, 나도 마찬가지야. 다만 나는 바깥쪽에 영향력을 발휘할 수 있지만."

"바깥쪽?"

"공허 합성체들이 다른 차원으로 넘어가는 것 말이야. 어느 정도는 속도를 조절할 수 있어. 그래서 스텔라가 나와 계약을 한 거지. 그게 무슨 의미가 있는지는 모르지만… 그래도 옛정이 있어서 부탁을 들어줬어."

"스텔라가……."

"그리고 네가 올 거라는 이야기도 했지. 저렇게 되기 전에 말이야. 뭐, 별다른 감흥은 없지만… 그래도 끝은 봐야겠지?"

남자는 재미없다는 표정으로 다가왔다. 나는 계속 뒷걸음을 치며 물었다.

"넌 뭐지? 6번 그림자가 아닌가?"

"맞아. 하지만 여기서는 내가 가진 힘도 쓸 수 없어. 덕분에 그냥 평범한 인간으로 돌아왔지. 보이드 말이야."

"네가… 보이드라고? 보이드의 본체?"

"그럴지도, 모르지."

남자는 빠르게 내 쪽으로 다가와, 복부와 명치와 얼굴에 주먹을 날렸다.

빡!

빠악!

콰직!

마지막 주먹에 왼쪽 광대뼈가 으스러졌다.

마치 얼굴에 번개를 맞은 듯한 고통이다. 나는 코피를 쏟으며 적의 하복부를 향해 태클을 날렸다.

그 순간, 목덜미에 망치로 찍힌 듯한 통증이 느껴졌다.

"컥……."

나는 앞으로 고꾸라지며 몸을 떨었다. 녀석은 위아래로 주먹을 휘두르며 별거 아니라는 듯 말했다.

"그래도 싸우던 한가락이 있나 보군. 태클을 걸어서 쓰러뜨리려 한 건가? 하지만 목덜미가 훤히 드러났는걸. 목은 인간의 육체 중에 가장 취약한 부분이라고."

"하윽……."

나는 전신이 마비되는 기분을 느끼며 필사적으로 머리를 굴렸다. 그리고 등에 메고 있던 배낭 형태의 유체 금속을 떠올리며 즉시 컨트롤을 시작했다.

하지만 유체 금속은 움직이지 않았다.

문제는 스케라였다. 스케라 스텟이 사라진 이상, 유체 금속을 외부에서 컨트롤하는 것은 불가능했다.

"그럼 빨리 죽어라."

남자는 짧게 내뱉으며 쓰러진 나를 걷어차기 시작했다.

빡!

빡!

빠악!

한 번 차일 때마다 눈앞이 점점 더 붉게 물들었다. 몸이 마비된 나는 그저 아기처럼 몸을 웅크린 채 죽을 때까지 얻어맞을 뿐이었다.

그런데 그것도 쉽지 않았다.

"헉, 허억… 사람을 패 죽이는 것도 만만치 않군. 빨리 끝내려면……"

남자는 숨을 헐떡이며 몸을 돌렸다. 그러고는 내가 떨어뜨린 검을 주워 들고는 다시 돌아왔다.

나는 고통에 신음하며 녀석의 얼굴을 올려다보았다. 녀석은 조금의 주저도 없이, 내 얼굴을 향해 단숨에 칼을 내리꽂았다.

푸확!

*　　　*　　　*

"……."

세계가 흔들리고 있다.

정신을 차린 곳은 무너지고 있는 큐브의 내부였다.

"뭐? 잠깐? 아니……"

나는 급하게 주변을 살피며 반사적으로 가슴을 쓸어내렸다.

이곳은 5번 큐브다.

그제야 죽어서 5분 전으로 돌아왔다는 사실을 깨달았다. 그때의 나는 바닥에 뚫린 출구 앞에 선 채, 큐브가 붕괴되기 직전까지 저주 스텟을 채우고 있었다.

'이런 건 아무 소용이 없어. 망할 놈의 환각 앞에서는……'

6번 그림자가 건 환각은 끝까지 풀리지 않았다.

죽기 직전까지도.

나는 죽기 직전까지 얻어맞던 그 생생한 느낌을 떠올렸다. 어쩌면 그 모든 게 환각이 아닐지도 모른다. 나는 그럴 가능성을 염두에 두며 빠른 속도로 머리를 굴렸다.

'만약 그 모든 게 환각이 아니라면… 그림자가 말한 것처럼 6번 큐브는 원래 그런 힘을 가지고 있는 거다. 그럼 어떻게 하지?'

모든 특수 스텟을 잃고, 레벨마저 처음으로 돌아가 버린 나는 아무짝에도 쓸모가 없다.

어떤 의미에서는 평범한 인간보다도 못하다. 지난 몇 년간 쌓아온 전투가 감각 깊숙이 새겨진 덕분에, 이제는 평범한 인간의 싸움법 따위는 흉내 내는 것조차 어려웠다.

'그래도 해야 한다. 녀석의 움직임도 일반인 수준이었어. 조건이 같다면 승산이 없는 것도 아니야.'

나는 필사적으로 과거의 자신을 떠올렸다.

레너드의 육체로 회기하기 전, 평범한 인간으로서 인류의 최후까지 생존했던 문주한 준장의 싸움법을……

하지만 시간이 별로 없었다.

큐브는 이미 무너지기 직전이었다. 나는 급한 대로 팔틱의 장검을 시공간의 주머니에 집어넣은 다음, 유체 금속 한 덩이를 몽둥이처럼 만들어 양손에 쥐었다.

'이럴 때는 차라리 검보다 둔기가 쓸모 있겠지. 물론 나이프가 있다면 더 좋겠지만……'

하지만 유체 금속은 덩어리를 나눌 수가 없다. 혹시나 하는 마음에 시공간의 주머니에 손을 넣어 봤지만 손에 잡히는 것은 없었다.

'이럴 줄 알았으면 나이프를 한 자루라도 챙겨 왔을 것을……'

나는 쓴웃음을 지으며 통로 아래로 몸을 던졌다.

쿠구구구구구구구궁…….

동시에 머리 위로 큐브가 완전히 무너지는 소리가 들렸다. 그리고 나는 내 시야의 한쪽 구석에 피처럼 붉은색으로 표시된 숫자 3을 노려보았다.

'왜 4가 아니라 3이지? 오비탈 차원에서도 그러더니만… 시공간의 축복이 약해진 건가?'

이런 급박한 상황에서 목숨이 둘씩 줄어드는 건 치명적인 문제였다. 나는 눈앞에 나타난 광활한 우주 공간을 노려보며, 앞으로 남은 기회가 단 한 번뿐이라는 것을 자각했다.

'한 번 더 죽으면 3이 1이 된다. 그리고 한 번 더 죽으면……'

*   *   *

나는 두 번째로 6번 큐브에 뛰어들었다.

이번에는 착지 순간에 무릎을 구부리며 뒤로 몸을 굴렸다.

저번에는 이걸 하지 않아 무릎을 다쳤고, 그 탓에 가뜩이나 불리한 싸움을 더욱 불리하게 치러야 했다.

그런데 그 순간.

"고생이 많군."

내가 뒤로 구른 바로 그곳에 남자가 우뚝 서 있었다. 나는 바닥에 누운 채 녀석을 노려보았다.

'처음 나타난 장소가 달라졌어?'

"당연히 달라졌지."

남자는 발을 치켜들고 내 얼굴을 향해 내리찍었다.

쿵!

나는 필사적으로 몸을 굴려 그것을 피했다. 남자는 도랑을 뛰어넘듯이 계속해서 내 쪽으로 펄쩍펄쩍 뛰며 소리쳤다.

"큐브는 그림자의 머릿속과 같다고 했지?"

쿵!

"그러니 네 생각이 대충 읽힌다고."

쿵!

"그런데 너는 알 수 없는 것을 알고 있어."

쿵!

"결국 2회 차인 셈이야. 어때?"

쿵!

나는 다섯 번째 찍기를 피하며 한 동작으로 몸을 일으켰다. 남자는 붉게 상기된 얼굴로 거친 숨을 몰아쉬며 땀을 닦았다.

"휘유, 이것도 쉽지 않군. 인간처럼 죽지도 않는 주제에, 인간의 몸을 가지고 수만 년을 사는 것도 쉬운 일이 아니야."

"헉… 헉… 허억……."

물론 체력을 쓴 걸로 보면 내가 훨씬 심각했다. 나는 정신없이 헐떡이며 계속 뒷걸음을 쳤다.

"고작 이거 굴렀다고 그렇게 되다니, 평소에 체력 단련을 별로 하지 않았나 봐?"

"……."

"물론 따로 할 필요가 없었겠지. 오러를 쌓았을 테니까. 뭐, 나도 그 기분은 잘 알고 있어. 보이드도 평범한 인간 수준은 아니었으니까. 그런데 여기 온 이후로 아무 힘도 쓸 수 없게 되었고……."

녀석은 내가 떨어뜨린 몽둥이를 집어 들며 말했다.

"뭐, 아무래도 상관없어. 난 그냥 침입자를 죽일 뿐이다. 그런데 넌 몇 번째냐? 앞으로 난 몇 번이나 널 더 죽여야 해?"

"…하나 물어보지."

나는 시간을 끌기 위해 입을 열었다. 남자는 걸음을 멈추고는 몽둥이로 자신의 손바닥을 천천히 때리기 시작했다.

"마음대로 해."

"지금까지 그림자들은 모두 자신의 속성을 가지고 있었다. 그리고 5번 큐브는 분노였다."

"그래? 어쩐지… 그 녀석이 전부 가져간 덕분이었나? 그런 기억을 가지고 있으면서도, 나는 딱히 열이 받지 않더라고."

"너는 대체 뭐냐? 어떻게 이렇게 절대적인 힘을 가질 수 있지? 대체 보이드의 정신에서 어떤 파편을 물려받은 거야?"

"확실히 열받으면 사람이 강해지지."

남자는 피식 웃으며 고개를 끄덕였다.

"그래서 분노가 가장 강한 힘일까? 그럴지도 모르지. 내가 5번 큐브로 넘어가서 그 녀석과 싸우면 질지도 몰라. 어차피 5번 그림자는 네게 소멸되었을 테니 그럴 일은 없겠지만."

"……"

"그런데 분노보다 강한 것도 있어. 특히 '자기 자신'에겐 말이야. 그게 바로 허무다."

남자는 끝없이 펼쳐진 우주 공간을 바라보며 멍하니 말했다.

"보이드는 분노했지. 자기를 이렇게 만든 선구자들에게 엄청난 증오를 품었어. 그런데 그보다 먼저 포기해 버렸지."

"포기했다고?"

"허무했거든."

남자는 어깨를 으쓱였다.

"세상에서 처음으로 자신과 비슷한 수준의 존재들을 만났다. 감격했지. 세상에 자신이 혼자가 아니었다는 사실은 무엇과도 바꿀 수 없는 행복이야. 혹시 지구에도 공룡이 있었나?"

"공룡?"

"있었나 보군. 말하자면 지능을 가진 공룡이 자신과 같은 공룡을 만난 거야. 처음으로 제대로 된 대화를 나눌 수 있었지. 행복했다. 그들과 동료가 되어서 고차원적이고 위대한 발전을 이뤄냈고."

"아……."

"그런데 친구보다 더 친구 같고, 가족보다 더 가족 같은 그들에게 배신당했어. 전 우주에 인간이 단 여덟 명밖에 안 남았는데, 다른 일곱 명이 힘을 합쳐서 날 배신한 거야. 나는, 아니, 보이드는 그때 그냥 모든 걸 포기해 버렸다. 그건 감당할 수 있는 충격이 아니었거든."

남자는 고개를 좌우로 흔들었다. 나는 정상적으로 돌아온 호흡과 함께 앞으로 녀석을 어떻게 쓰러뜨려야 할지를 고민했다.

유체 금속 몽둥이를 놓친 것은 실수였다.

하지만 그걸 손에 쥔 채로 바닥을 구를 수는 없었다. 남자는 무표정한 얼굴로 날 바라보며 말했다.

"그러니 이곳은 보이드의 공허다. 긍정의 반대는 부정이라고 하지? 하지만 부정조차도 공허 속에선 힘을 쓸 수 없어. 모든 종류의 의지는 허무함 앞에서 동력을 잃어버리거든."

"그런 것치고는 의욕이 넘치는군."

나는 녀석이 쥔 몽둥이를 노려보며 말했다.

"허무하다면 날 죽일 필요도 없지 않나? 말은 멋들어지게 잘했다만… 심지어 미리 바닥을 구를 것을 예측해서 그 장소에서 기다리고, 거기에 내가 떨어뜨리는 무기를 주워 들고는 필사적으로 날 죽이려 하는데, 스스로 생각해도 모순적이라는 느낌이 안 드나?"

"안 들어."

남자는 묘한 미소를 지으며 고개를 저었다.

"내가 말했잖아. '내가' 아니라 '이곳이' 보이드의 공허라고. 원래 내가 가지고 있던 허무함도, 모든 것을 무(無)로 돌려보내고 싶은 절망감도 모두 빨려 나갔어. 이 6번 큐브 속으로 말이지."

"그런……."

"헛소리 같나? 하지만 사실이야. 나는 보이드의 파편이다. 인간과는 매우 다른 매우 특별한 존재지. 그런데 이 큐브 속에서 내 특별함은 몽땅 사라졌어. 네가 가지고 있던 힘이 모두 사라졌듯이. 그러니 여기 있는 건 평범한 두 명의 인간뿐이지."

"평범하다고? 너는 큐브 바깥에 영향을 끼칠 수 있다고 하지 않았나?"

"적어도 이 안에서는 아니잖아? 그런 식으로 치면 너도 모든 힘이 빨려 나간 게 아니니까 비슷한 처지 아닌가?"

"웃기는 소리, 난 오러도 마력도 스케라도 몽땅 잃었다. 심지어 저주 스텟마저 사라지고, 레벨도 1로 돌아왔지. 그런데 비슷한 처지라고?"

"넌 다시 돌아왔잖아."

남자는 손가락으로 위쪽을 가리켰다.

"죽었는데 다시 돌아왔어. 과거로 회귀해서. 그게 바로 특별함이지. 심지어 스캐닝도 쓸 수 있어. 여기서는 나도 못 쓰는데 말이야. 초월체의 특별함은 이 6번 큐브의 힘조차 초월하고 있다는 거지."

확실히 그랬다.

실제로 모든 종류의 초월 능력이 발동 가능 했다. 스캐닝은 물론이고, 의미는 없지만 맵온이나 감정의 각인도 얼마든지 발동시킬 수 있었다.

생각이 난 김에 나는 녀석의 몸을 스캐닝했다.

이름: 보이드
레벨: 1
종족: 보이디아인

기본 능력
근력: 29(31)
체력: 25(27)
내구력: 19(20)
정신력: 59(71)
항마력: 0(0)

특수 능력
오러: 0
마력: 0
신성: 0
스케라: 0

저주: 0

나는 혀를 차며 물었다.

"정말로 부정체라고 안 뜨는군. 그냥 인간인가?"

"말했잖아? 원래 파편이었고, 그림자였는데… 그 모든 특별함을 빼앗겼다고."

문제는 같은 레벨1이라도, 녀석의 기본 스텟이 나를 압도하고 있다는 사실이다.

특히 근력이 1.5배에 달했다. 녀석에게 내가 앞서는 건 오직 정신력뿐이었다.

"확실히 정신 하나는 알아줄 만하군. 나도 처음 여기서 눈을 떴을 때는 몇만 년 동안 일어서질 못했거든."

"뭐?"

"힘 말이야. 내가 가진 모든 힘. 보이드의 기억에 남은 힘, 파편이 되어 그림자로 흩어진 다음에 가지게 된 힘… 처음부터 없었다면 차라리 상관없었을 텐데, 있던 게 사라지니 정말 견디기 어렵더라고."

그것은 나도 마찬가지였다.

지구가 멸망하는 것을 끝까지 지켜보며, 나는 내가 힘을 가지지 못했다는 사실에 끝없이 괴로워했다.

하지만 레비그라스의 레너드의 몸으로 회귀한 이후, 나는 스스로의 몸에 쌓이는 힘에 의지해서 그 모든 역경을 돌파할 수 있었다.

하지만 지금은 없다.

그것은 견딜 수 없는 허무함이었다.

나는 그저 허무가 마음을 잠식해 버리기 전에, 무의식적으로 모든 정신을 현재 상황을 극복하는 쪽으로 집중하고 있었을 뿐이다.

그렇기 때문에 남자의 이야기는 그 어떤 공격보다도 내 정신을 강하게 흔들어놓았다.

무의식이 의식의 수면 위로 올라온 순간, 나는 마치 벌거벗은 채 사막에 내던져진 듯한 절망감을 느꼈다.

'정신 차려라, 문주한. 지금은 그냥 원래대로 돌아온 것뿐이야. 당장 죽을 것도 아니고… 적도 너와 같은 평범한 수준이다. 싸우면 이길 수 있어. 어떻게든 여기만 잘 헤쳐 나가면…….'

"과연 그럴까?"

남자는 회심의 미소를 지으며 고개를 저었다.

"과연 여기만 지나면 모든 게 원래대로 돌아올까? 네가 날 죽이면 사라진 힘이 다시 돌아올까? 정말 그렇게 생각해?"

그것은 저주였다.

굳이 저주 스텟이 없더라도, 굳이 저주 마법을 익히지 않았더라도 원래 모든 인간은 '말'을 통해 저주를 걸 수 있다.

한번 저주에 걸려 버린 순간, 나는 뇌리에서 그 저주의 말을 지울 수 없게 되는 것이다.

그러자 남자가 웃기 시작했다.

"큭큭… 후후… 아하하하하하하!"

무표정하고 허무한 웃음이 아닌, 정말 즐겁다는 듯 쾌활한 웃음이다.

나는 그것을 견딜 수 없었다. 그래서 부들거리는 주먹을 움켜쥔 채, 녀석을 향해 먼저 달려들기 시작했다.

'참아! 지금은 열받았다고 먼저 달려들 때가 아니다! 기본 스텟은 저쪽이 유리해! 어떻게든 시간을 벌어서 기회를 만들고 허점을 찾아내야 해!'

하지만 그럴 수가 없었다. 녀석은 행복한 듯 웃으며 한 손에 쥔 몽둥이를 양손으로 움켜쥐었다.

"그래, 그렇게 하는 거야. 벌거벗은 두 인간끼리 사막에서 끝없이 싸워보자고."

*   *   *

콰직!

그것은 유체 금속으로 만든 몽둥이가 내 관자놀이를 파고드는 소리였다.

*   *   *

정신을 차린 순간, 나는 눈앞에 나타난 1이라는 붉은 숫자를 노려보고 있었다.

"그럴지도 모르지. 내가 5번 큐브로 넘어가서 그 녀석과 싸우면 질지도 몰라. 어차피 5번 그림자는 네게 소멸했을 테니……"

남자는 말을 하는 도중에 입을 다물며 고개를 갸웃거렸다.

"뭐지? 뭔가 달라졌군."

"……"

"아, 아하! 그런 건가? 넌 또다시 죽은 거야. 죽어서 지금으로 돌아왔군. 큭큭… 아하하하하!"

그러고는 다시 신나게 웃기 시작했다.

"이런 세상에… 그새를 못 참은 건가? 대충 보니 10분쯤 전으로 돌아오나 보군. 아니, 5분인가? 어쨌든 더 이상 이야기를 늘어놓을 필요는 없겠지? 이미 모두 들었을 테니까."

"그래, 필요 없다."

나는 낮은 목소리로 중얼거리듯 말했다.

뇌리에는 여전히 녀석이 걸어놓은 저주가 효과를 발휘하고 있었다. 그동안 나를 감싸주고 있던 갑옷과 같은 모든 힘이 사라져 버렸고, 나는 더 이상 그 사실로부터 눈을 돌린 채 현실 도피를 할 수가 없었다.

"크… 그거 걸작이군. 현실의 위기를 극복하기 위해서 어쩔 수 없이 현실 도피를 했던 건가? 뭐, 그 심정도 모르는 건 아니야. 나도 같은 걸 겪었으니까. 극복할 때까지 한 3만 년쯤 걸렸지."

남자는 이해한다는 듯 고개를 끄덕였다. 그리고 나는 녀석의 얼굴에 생긴 변화에 다시 한번 치를 떨었다.

처음 만났을 때, 녀석은 세상이 어떻게 되어도 상관없다는 듯 공허한 표정을 짓고 있었다.

그런데 지금은 달랐다. 마치 실시간으로 감정이 돌아오는 듯, 마음껏 웃고 조롱하며 인간다운 표정을 되찾기 시작했다.

그에 비해, 굳어버린 내 표정은 풀릴 줄을 몰랐다.

'1은 소용없다. 이제 마지막이야. 남은 목숨이 두 개씩 줄어들었어. 1에서 0이 되는 게 아니라 −1이 된다.'

지금까지는 아무리 죽어도 0이라는 숫자는 본 적이 없다. 그래서 내 목숨이 네 개인지 다섯 개인지 확인하지 못했다.

하지만 −1이면 아무래도 상관없다.

"큭큭……."

녀석은 손에 쥔 몽둥이를 가볍게 휘두르며 못 참겠다는 듯 웃기 시작했다.

"마이너스 1? 그건 또 뭐야! 목숨에 마이너스가 어디 있어! 큭큭… 아무튼 잘됐군. 이제 더 이상 돌아오지 못한다는 거지?"

"……."

"아니, 그렇게 생각하니 아쉽군. 여기서 널 죽이면 또다시 수만 년을 혼자 지내야 할 테니 말이야."

남자는 쩝 소리를 내며 한 발 뒤로 물러났다.

"좋아. 싸움은 좀 천천히 하자고, 어차피 내가 이길 테니까. 보아하니 목숨을 다 쓰는 동안 날 죽이는 걸 실패한 모양인데, 그동안 학습한 게 있겠지? 천천히 작전을 짜봐. 기다려 줄 테니까."

"……."

"확실히 대단한 것 같아. 의식을 나한테 집중하고 대화를 하면서도, 정작 마음속으론 여전히 작전을 짜고 있지. 엄청난 집중력이야. 스캐닝이 있다면 한번 써보고 싶군. 아마도 정신력 스텟이 엄청나게 높겠지?"

나는 이를 갈았다.

실시간으로 마음까지 읽히고 있다. 아무리 생각해도 녀석을 이길 방법이 떠오르지 않았다.

'아니, 그게 문제가 아니야. 당장 내 마음부터 다스릴 수가 없다. 망할… 고작 해야 잠시 힘을 못 쓰는 것뿐인데!'

덕분에 녀석에게 당장에라도 달려들고 싶은 분노와, 그냥 이대로 주저앉아 모든 걸 포기하고 싶은 모순적인 감정이 공존했다.

'어떻게든 오러를 쓸 수 있다면… 많이도 필요 없다. 딱 100만, 아니, 50만 있어도… 아니, 약간의 마력만 있더라도, 아니야, 레벨이 1만 높아지더라도… 젠장! 다 필요 없어. 그냥 나이프 한 자루라도 쥐고 있었더라면……'

하지만 없다.

없는 걸 바라는 것부터가 궁지에 몰렸다는 증거다.

'아니, 어쩌면 난 계속 최면에 걸려 있는지도 몰라. 어떻게든 이 최면에서 벗어날 수 있다면……'

부정.

'이런 빌어먹을! 대체 이 말도 안 되는 상황은 뭐야! 나보다 강한 힘이면 몰라도! 왜 이런 무의미한 상황에 처해야 하지? 힘 자

체를 빼앗아 가다니! 6번 큐브고 그림자고 전부 죽여 버려야 해!'

분노.

'기다려… 중요한 건 어떻게든 이 상황을 돌파하는 거다. 진정해. 완전히 절망적인 상황은 아니다. 상대의 스텟이 나보다 약간 높을 뿐이야. 잘 극복하며 싸워 이길 수 있을 거야. 어떻게든 빈틈을 찾아내서……'

협상.

'아니, 안 될 거야. 내 몸은 이미 힘을 가진 상태의 움직임이 각인되어 버렸어. 이런 평범한 싸움 같은 건 이제 와서 제대로 치를 수 없다. 아… 왜 하필 마지막에 와서 이런 일이……'

우울.

'그런… 걸까? 이제 한계인가? 여기까지 잘해왔지만… 이제 끝인가? 더 이상 죽고 나서 5분 전으로 돌아갈 수도 없고… 하지만 나도 최선을 다했다. 처음으로 최하급 노예 수용소에서 눈을 떴을 때를 생각하면… 여기까지 온 것도 대단한 거야.'

수용.

그것은 바로, 죽음을 대하는 인간의. 다섯 가지 단계였다.

나는 등줄기에 소름이 끼치는 것을 느꼈다.

내 마음은 어느새 현재 상황을 받아들이고, 스스로 만족하며 죽음을 대비하기 시작하고 있었다.

· 121장 ·
초월

죽음은 언제나 가까운 곳에 있었다.

인류가 멸망하고, 회귀의 반지를 찾기 위해 필사적으로 도망 다니던 순간에는 삶이 곧 죽음이었다.

가는 곳마다 죽음이 가득했다. 우릴 기다리는 것은 썩어가는 시체와 이미 모두 썩어 뼈만 남은 시체뿐이었다.

하지만 당시의 나는 죽음을 대비하지 않았다.

이미 인류가 멸망했기 때문에 죽고 난 이후를 걱정할 필요가 없었다.

다른 동료들에 비하면 스스로가 가진 힘이 하찮았기 때문에 목숨이 아깝지도 않았다.

유서를 쓸 필요도 없었고, 죽고 나면 어디 양지바른 곳에 묻어달라고 부탁할 필요도 없었다.

더 이상 세상에 양지 따위는 존재하지도 않았으니까.

그러자 웃음이 났다.

당시엔 잃을 것이 없었기 때문에 비참함도 없었다. 하지만 지금은 다르다. 가진 것과 잃을 것이 너무 많아서 견디기가 어려웠다.

"결국 미쳐 버린 건가?"

6번 그림자는 피식 웃으며 고개를 끄덕였다.

"인간이 다 그렇지, 뭐. 나도 여기서 처음 눈 떴을 때는 반쯤 미쳐 있었어. 10만 년쯤 제정신이 아니었던 것 같은데… 그런데 미쳐 있는 것도 쉬운 일이 아니더라고. 결국 제정신이 돌아와서 바깥일에 집중하기 시작했지."

"바깥일?"

"큐브 안에서는 너나 나나 똑같이 평범한 인간이지. 하지만 나는 큐브 밖의 일을 컨트롤할 수 있어. 공허 합성체를 생산해서 지상에 뿌릴 수 있지. 혹은 다른 차원이라든가."

"다른 차원에……."

"그래. 전부 내가 한 거야. 발견된 차원 중에 저주의 오염이 높은 곳이 있으면 어떻게든 길을 뚫는 거지. 일단 길이 뚫리면 그쪽으로 공허 합성체를 보내. 그다음은 일사천리지."

"그렇게 레비그라스를 시작한 거군."

"레비그라스는 아주 최근 일이야. 아, 잠깐. 혹시 이 세상에 차원이 그것뿐이라고 생각한 건 아니겠지?"

녀석은 놀리듯이 눈을 부릅떴다. 나는 눈살을 찌푸리며 되물었다.

"무슨 소리지?"

"우리가 발견한 차원은 무수히 많아. 이미 수백 개의 차원이 내 손에 멸망했지. 레비그라스는 초월체들이 자리를 잡고 있어서 차원을 뚫기 어려웠을 뿐이야. 그것도 결국 이렇게 뚫렸고."

"어째서……."

나는 잠시 생각하다 물었다.

"어째서 스텔라의 부탁을 들어준 거지?"

스텔라는 녀석과의 계약을 통해 레비그라스 차원에 공허 합성체들이 소환되는 속도를 조율했다. 6번 그림자는 어깨를 으쓱이며 곧바로 대답했다.

"아무래도 상관없었으니까. 어차피 레비그라스는 끝났어. 소환되는 공허 합성체는 어떻게든 막아도, 녀석들이 퍼뜨리는 저주의 힘까지 정화시킬 수는 없거든. 결국 '최상급'들이 넘어갈 만큼 통로가 커지는 건 시간문제야."

"최상급은 내가 모두 제거했다."

"나도 알아."

그림자는 손가락을 모아 안경처럼 만들어 자신의 눈을 덮었다.

"여기서 지켜보고 있었지. 흥미진진했어. 응원도 할 겸 계속해서 내가 지원군을 뿌렸는데, 꽤 싸울 만했지?"

"그것도 네 녀석의 짓이었나?"

나는 쓴웃음을 지으며 고개를 저었다.

"덕분에 고생이 심했지. 아주 지긋지긋했다."

"어쨌든 지상의 최상급을 먼저 제거한 건 탁월한 선택이었어. 레비그라스의 저주 농도는 한계를 넘기 직전이었으니까. 아, 그래도 너무 안심하진 마. 최상급들이 상급을 먹어치우는 건 너도 봤지?"

"그게 왜?"

"녀석들도 처음부터 최상급이었던 건 아니야. 내가 여기서 꾸준히 먹이를 뿌려서 살을 찌운 거라고."

그림자는 물고기에게 먹이를 뿌리듯 손가락을 비비기 시작했다.

"그러니까 최상급은 다시 만들면 돼. 먼저 상급을 지상에 뿌리고, 일부러 중급을 만들어서 다시 뿌리면 동족상잔이 시작되거든."

"……"

"물론 시간은 꽤 오래 걸려. 하지만 상관없지. 남는 건 시간뿐이니까."

"공허 합성체는."

나는 녀석의 말을 끊으며 심호흡을 했다.

"결국 인간이 변해서 만들어지는 것 아닌가?"

"맞아. 기본 재료는 인간이지."

"보이디아의 인류는 이미 멸망했다. 대체 어디서 계속해서 인간이 나오는 거지?"

"방금 말했잖아? 우리가 발견한 차원은 무수히 많다고. 지금 이 순간에도 멸망하고 있는 아홉 개의 차원이 있어. 문명 수준이 원시인 곳은 돌도끼로 저항하고, 중세인 곳은 창과 활로 저항하고, 근대인 곳은 총과 대포로 저항하고 있지."

"그럼 공허 합성체가 되는 인간은……."

"맞아. 거기서 데려오는 거야. 물론 친절하게 와달라고 부탁한 건 아니지만."

순간 머릿속에 전이의 각인 중 하나인 '대규모 강제 소환'이 떠올랐다.

그림자는 미소를 지으며 고개를 끄덕였다.

"잘 알고 있네. 초월체가 부여하는 모든 힘은 원래 보이디아에 존재했던 기술이라고. 어디 보자… 그래. 방금 알파로우라는 차원에서 6백 명의 인간을 소환했어. 6번 큐브의 갑판 위에 말이야. 앞으로 20초 안에 모두 하급이나 중급 공허 합성체가 될 거야."

"아……."

"그리고 3분 안에 모든 중급들이 하급들을 흡수해서 더 강해질 거야. 그럼 나는 다시 인간들을 소환할 테고. 아, 당연히 공격받지 않도록 격리해야 해. 인간인 채로 죽어버리면 너무 아까우니까. 물론 드물게는 시체가 변하기도 하지만."

"시체가 공허 합성체로 변한다고?"

"가끔씩 그래. 돌연변이 같은 건데… 생전에 업이 깊은 인간들 중에 그런 경우가 생기더라고."

그림자는 친절하게 모든 것을 설명해 줬다.

내가 생기를 잃어가면 갈수록, 녀석은 그것을 빨아들이는 듯 더욱 활기를 띤다.

이대론 안 된다.

시간을 끌면 끌수록 마음속의 어둠이 점점 더 깊어진다. 이런 쓸데없는 이야기를 듣는 와중에도, 힘을 잃은 내 몸은 사탕을 빼앗긴 어린아이처럼 오직 그것만을 바랄 뿐이었다.

돌려줘, 내 힘을.

제발 다시 돌려줘.

오러, 마력, 스케라.

만약 그렇지 못한다면…….

"괴로워 보이는군."

그림자는 눈살을 찌푸리며 말을 돌렸다.

"나 혼자 너무 신을 낸 모양이야. 배려심이 부족했어. 그럼 그만 끝내도록 할까?"

"그 전에."

나는 가까스로 마음을 다잡으며 마지막 질문을 던졌다.

"너는 스텔라의 부탁을 들어줬지."

"그래. 아무래도 상관없었으니까."

"그 대가로 네가 받은 건 뭐지?"

"아, 그거? 별거 아냐."

그림자는 고개를 돌리며 한없이 펼쳐진 우주 공간을 바라보았다.

그곳엔 창백하게 굳어 있는 스텔라가 떠 있었다. 그림자는 흡족한 얼굴로 미소를 지으며 말했다.

"그냥 저기 저렇게 있는 거."

"…뭐?"

"그게 전부야. 말하자면 관상용이지. 앞으로 다시 수십만 년을 혼자 있어야 할 테니까. 벽에 그림 하나쯤 걸어놓는 것도 괜찮지 않겠어?"

*　　　　　*　　　　　*

"모두 괜찮아?"

거점의 내부는 흙먼지로 자욱했다. 슌은 마지막으로 낚아챈 집채만 한 바위를 천천히 바닥에 내려놓으며 소리쳤다.

"다친 사람 없나? 모두 무사해?"

"우어!"

"우우우?"

"우우워우?"

"엄청난 속도군요."

인간의 말을 한 것은 전승자뿐이었다. 그는 비틀거리며 슌의 곁으로 다가왔다.

"그 짧은 순간에 수십 개의 낙석을 전부 파괴하고 받아낼 줄은 몰랐습니다. 훌륭한 몸이군요. 보이디아의 문명이 발전했던 시기에도 이 정도로 강력한 사이보그는 흔치 않았습니다."

"오비탈 차원이 만들어낸 최고의 육체니까. 그보다도 전부 파괴하지 못했다."

곳곳에서 피투성이가 된 아이들이 몰려들었다. 전승자는 회복 포션을 더 작게 나눠 담은 소형 캡슐을 하나씩 건네주며 한숨을 내쉬었다.

"초월자께서 넘겨주신 포션도 이제 얼마 남지 않았습니다. 앞으로는 더 이상 토너먼트를 개최하긴 어렵겠군요."

"앞일 걱정은 나중에 하고, 당장 상황은 어때?"

슌은 손가락으로 천장을 가리켰다. 전승자는 작은 불꽃을 여러 개 만들어 하늘로 띄우며 천천히 관찰했다.

"당장은… 괜찮을 것 같습니다. 오랜 시간 동안 금이 갔던 천장의 일부가 무너진 모양입니다. 기반암 자체는 아직 견고합니다."

"그럼 다행이군. 지상의 상황은 어때?"

"사실 그게… 변화가 생겼습니다."

전승자는 눈살을 찌푸렸다.

"조금 전부터 6번 큐브 근처의 지상에 공허 합성체들이 나타났습니다."

"뭐? 왜?"

"저도 모릅니다. 아, 또 나타났습니다. 이번에는 중급인데……."

전승자는 눈을 깜빡이다 헉 소리를 냈다.

"아니, 이젠 알겠습니다. 큐브가 왜 아무것도 없는 지상에 공허 합성체를 내려 보내고 있는지 말입니다."

"뭔데?"

"초월자께서 지상에 있던 최상급들을 모두 제거하지 않았습니까?"

"그랬지."

"그래서 다시 만들기 시작했습니다. 먼저 상급을 떨어뜨리고, 뒤를 이어 중급을 떨어뜨려 먹이로 주고 있습니다."

그리고 침묵이 이어졌다. 1분 정도 경직되어 있던 슌은 펄쩍 뛰어오르며 폭발하듯 소리쳤다.

"그럼 안 되잖아! 지금까지 주한이 한 게 다 헛수고가 된다고!"

"당장 흥분할 필요는 없습니다. 최상급은 그렇게 쉽게 만들어지는 게 아니니까요. 그보다도 큐브가 왜 저런 행동을 하기 시작했는지가 더 중요합니다."

"왜 저런 행동을 하는데?"

"확실히는 모르겠습니다만, 제 판단으로는 여유를 찾은 것 같습니다."

"여유?"

"지금까지는 내부에 침입한 적을 상대하느라 여유가 없었을 겁니다. 그런데 지금은 상황이 변했고… 그래서 원래 하던 일을 다시 시작한 것 같습니다."

"그럼 주한에게 무슨 일이 생겼다는 거야?"

전승자는 말없이 고개만 저었다. 슌은 답답하다는 듯 몇 번이나 발을 굴렀다.

그런데 그때, 땅이 미세하게 흔들렸다.

"뭐야! 또 무너지는 건가? 아니면 내가 발을 굴러서?"

"그런 건 아닌 것 같습니다만……."

그때 멀리서 아이들의 비명이 울리기 시작했다. 슌은 잽싸게 공중으로 떠오른 다음, 비명이 난 곳으로 한 번에 날아 도착했다.

"뭐야! 왜들 그래!"

거점의 한쪽 구석에 있던 아이들이 기겁을 하며 바깥쪽으로 밀려나고 있었다.

아이들은 두려운 눈으로 한곳을 노려보고 있었다. 그것은 지면에 불쑥 솟아 나온 인간의 팔이었다.

"저건 대체……."

"슌, 무슨 일입니까!"

뒤늦게 인파를 헤치고 달려온 전승자가 숨을 헐떡이며 말했다.

"여긴 역대 전승자들의 무덤인데… 엇?"

"그래. 아무래도 시체 하나가 되살아난 모양이다."

슌은 흥미롭다는 표정을 지으며 스케라를 발동시켰다. 전승자는 말도 안 된다는 얼굴로 고개를 저었다.

"그럴 리가 없습니다. 시체는 모두 화장에서 유골만 묻기 때문에… 아!"

"아? 아 뭐!"

"저긴 그러니까……."

전승자가 뭔가를 말하려는 찰나, 지면이 완전히 갈라지며 흙투성이의 남자가 몸을 일으켰다.

남자의 몸엔 저주의 상징이기도 한 검은 기운이 새어 나오고 있었다. 그리고 슌은 반으로 갈라진 남자의 얼굴을 보며 반사적으로 소리쳤다.

"레빈슨!"

                    *   *   *

나는 격분했다.

정확히 뭐가 그렇게 화가 나는지는 알 수 없었다. 확실한 건 스텔라를 저렇게 내버려 둘 수 없다는 것과, 눈앞에 있는 저 가증스러운 그림자를 어떻게든 죽여야 한다는 의지뿐이었다.

다른 건 아무것도 생각할 필요가 없다.

그래서 먼저 돌진했다. 그림자는 재밌는 표정으로 쥐고 있던 몽둥이를 휘둘렀다.

마치 홈런을 치려는 타자처럼.

'지금이다!'

거기까지는 미리 읽은 수였다.

부웅!

몽둥이는 허공을 갈랐다. 나는 빠르게 몸을 낮추며 적의 양다리를 향해 태클을 걸었다.

"머저리냐?"

하지만 적도 내 작전을 읽고 있을 것이다. 나는 적을 밀고 넘어뜨리려는 순간, 타이밍을 맞춰 왼손으로 목덜미를 감쌌다.

콰직!

동시에 손등에 끔찍한 고통이 퍼져 나갔다.

녀석은 손날로 목덜미를 내리찍었으리라. 물론 미리 막아서 치명적인 피해는 막았지만, 손등의 뼈에 금이 간 것만큼은 확실했다.

아니면 부러졌거나.

중요한 건 적의 몸이 이미 넘어가고 있다는 사실이다.

콰당!

나는 쓰러뜨린 적의 몸 위에 올라타며, 동시에 양 주먹을 모아 적의 얼굴을 향해 내리찍었다.

우직!

강렬한 충격과 함께 사방으로 피가 튄다.

나는 아랑곳없이 다시 주먹을 치켜들었다. 하지만 그 순간, 적은 비명을 지르며 몸 전체를 들썩였다.

"크아아아아아아악!"

덕분에 몸 전체가 뒤로 튕기듯 밀려났다. 체격과 근력의 차이가 압도적이라 유리한 자세도 소용이 없었다.

'뭔 놈의 힘이 이렇게 강해!'

"수만 년 동안!"

녀석은 단숨에 몸을 일으키며, 어정쩡하게 뒤로 밀려난 내 몸을 다짜고짜 걸어찼다.

"여기서 잠만 자고 있었겠냐!"

동시에 눈앞이 번쩍였다.

그것은 숨을 쉴 수 없는 통증이었다. 녀석은 피투성이의 얼굴을 손으로 닦으며 내 쪽으로 성큼성큼 다가왔다.

"난 기다렸다! 그리고 왔어! 그런데 질 것 같냐?"

앞뒤가 안 맞는 말이었지만, 나는 그게 무슨 뜻인지 이해할 수 있었다.

녀석은 준비한 것이다.

지난 수만 년 동안 이곳에 혼자 있으면서, 언젠가 큐브를 파괴하기 위해 들어온 적을 상대할 만반의 준비를 갖춰놓았다.

근육을 단련한 걸까?

아니면 모든 상황을 대비해 마인드 트레이닝을 한 걸까?

"모두 다 했어!"

녀석은 거침없이 주먹을 내지르며 소리쳤다.

"모두 다 했다고! 수백 번, 수천 번, 아니, 수만 번씩 반복했어! 언젠가 반드시 써먹을 날이 올 거라고 믿으면서! 끝도 없이 반복했다고!"

*   *   *

나는 텅 빈 공간에 혼자 서 있었다.

"여긴 대체……."

주변을 둘러봐도 보이는 건 아무것도 없다. 6번 큐브처럼 광활한 우주 같은 풍경이 펼쳐져 있는 것도 아니다.

그냥 텅 비어 있었다.

그제야 마지막 싸움이 떠올랐다. 6번 그림자를 상대로 악착같이 버티고 또 버텼지만 결국 당해내지 못했다.

"스텔라를 구해야 해……."

나는 살아생전 마지막으로 했던 말을 반복했다.

마지막 순간에 피투성이가 된 채 바닥을 기며 그런 말을 했고, 그림자는 비웃음을 날리며 뭔가로 내 뒤통수를 내려찍었다.

아마도 유체 금속으로 만든 몽둥이일 것이다.

그리고 죽었다.

하지만 5분 전으로 돌아가진 않았다. 이곳은 6번 큐브도, 5번 큐브도 아니었고, 눈앞에는 아무 숫자도 떠 있지 않았다.

"끝인가……."

중얼거림은 공허할 뿐이었다. 나는 한참 동안 그 자리에 선채 내가 처한 이 상황을 분석했다.

모두 끝난 걸까?

하지만 나는 여전히 나로서 이곳에 존재했다. 한참 동안 멍하니 있던 나는 문득 손등을 바라보며 이상함을 느꼈다.

믿을 수 없을 만큼 거칠고, 주름이 잡혀 있다.

그것은 20대의 손이 아니었다. 나는 천천히 내 몸을 훑었고, 결국 이것이 내 몸이 아니라는 사실을 깨달았다.

그때, 밝은 빛이 내 몸에서 빠져나오며 말했다.

―아니, 그게 진짜 너의 형태다.

"확실히……."

나는 얼굴을 만지며 고개를 끄덕였다.

이건 나다.

문주한.

20대의 레너드가 아닌, 40대였던 문주한의 육체.

―그것이 너의 영혼이 기억하는 육체의 형태다. 아무리 새로운 몸으로 활약했어도 본질은 쉽게 변하지 않는 법이지.

빛은 훈계하듯 말했다. 나는 눈앞의 빛을 노려보며 물었다.

"그래서, 너는 뭐지?"

―벌써 잊었나? 나는 빛의 본질을 가진 초월체다.

"레비?"

나는 헛웃음을 지으며 고개를 저었다.

"레비는 이제 없어. 내 손으로 성물을 파괴했으니까."

―하지만 너는 여전히 전이의 각인을 쓰고 있지 않나? 그 힘은 대체 어디에서 오고 있다고 생각하지?

"그야 물론……."

―초월 능력은 그냥 힘이 아니다.

빛은 내 말을 끊으며 좀 더 강한 광채를 뿜어냈다.

―그것은 초월체의 일부. 네가 살아 있는 이상, 빛의 본질은 소멸하지 않고 그곳에 남아 있는 것이다.

"그렇다는 건……."

순간 네 개의 새로운 빛이 내 몸을 빠져나왔다. 그중에 좀 더 선명하고 투명한 빛이 내 쪽으로 좀 더 가까이 다가오며 말했다.

―나도 마찬가지다. 너는 회귀의 반지를 파괴했지만, 운명의 본질을 가진 내 일부는 처음부터 네 몸속에 깃들어 있었다.

"운명의 신 젠투……."

―잘해줬다, 인간이여. 너는 자신이 원하는 것을 이루기 위해 여기까지 왔고, 결국 모든 차원을 구원하는 데 성공했다.

"아니, 잠깐……."

나는 어이없는 기분을 느끼며 물었다.

"방금 뭐라고? 내가 모든 차원을 구했다고?"

―그렇다.

"하지만 난 죽었는데? 큐브를 끝까지 파괴하지 못했고… 극한의 부정체는 아예 보지도 못했다고!"

―그건 중요치 않다.

"뭐?"

―중요한 건 네가 이미 다섯 개의 큐브를 파괴했다는 사실이다.

젠투는 다시 뒤로 물러나, 다른 네 개의 빛과 간격을 맞췄다.

―큐브는 극한의 부정체를 봉인하기 위해 만든 구조물이다. 하지만 부정체는 순순히 봉인되지 않았다. 스스로를 분열하고 파괴해서 역습을 가했고, 반대로 우리들의 본질을 함께 봉인했다.

"…뭐? 당신들의 본질은 성물 아니었나?"

─성물은 우리가 가진 '초월체'로서의 본질이다.

그러자 또 다른 빛이 앞으로 나서며 대신 답했다.

─그리고 큐브에 봉인된 건 우리가 가진 '인간'으로서의 본질이다. 그리고 그것이야말로 우리가 가진 힘의 진정한 근본이라 할 수 있다.

"아니, 그게 무슨……."

그 순간, 내 눈앞에 뿌연 홀로그램 같은 것이 생겨났다.

─너는 이미 이것을 본 적이 있을 것이다.

홀로그램에 나타난 건 찬란하게 빛나는 금속 칩이었다. 나는 눈살을 찌푸리며 고개를 저었다.

"이런 건 본 적 없어. 내가 뭘 봤다는 거지?"

─이미 전승자를 만나지 않았나? 그의 머릿속에 들어 있는 게 바로 이것이다.

"아……."

─물론 우리들의 본질과는 비교할 수 없을 정도로 저급하지만, 그것만으로도 전승자는 보이디아 문명이 발견하고 발명해 낸 모든 힘을 사용할 수 있다.

그러자 레비가 앞으로 나서며 덧붙였다.

─기초적이지만 말이지.

─그렇다. 하지만 우린 다르다. 우리의 힘은 공간과 차원을 넘나들며 다른 차원의 인간에게까지 그 힘의 일부를 나눠줄 수 있는 수준에 닿았다.

"각인 능력 말인가?"

—성물은 그것을 중간에 연결하는 매개체일 뿐이다. 우리는 본질을 얻어 인간을 초월했지만, 결국 모든 힘의 근원은 우리가 만든 스스로의 본질에 고스란히 담겨 있는 것이다.

순간 홀로그램이 확장되며 다섯 개의 칩이 번쩍거리기 시작했다. 나는 눈부심에 고개를 돌리며 욕지거리를 내뱉었다.

"이런 빌어먹을……."

—나는 크로아크다. 시공간의 본질을 가지고 네게 축복을 내린 근원이다. 막내가 선택한 인간이여. 결국 너는 초월체가 원하는 모든 것을 완수했다. 그에 치하한다.

"아니, 잠깐 기다려 봐!"

나는 눈앞에 떠 있는 환상들을 손으로 헤집으며 소리쳤다.

"너희들, 서로 적 아니었어? 레비와 다른 네 초월체 말이야! 그런데 이젠 무슨 친구라도 된 것처럼 함께 서 있다?"

—우리의 의견이 달랐던 것은 확실하다.

크로아크는 감정 없는 목소리로 말했다.

—하지만 최종적으로 추구하던 것은 같다. 큐브를 파괴하고, 우리가 가진 원래 본질들을 해방시켜 진정한 힘을 되찾는 것이다.

"그러면? 그러면 모든 문제가 알아서 해결되나? 힘을 되찾아서 직접 싸우려고? 극한의 부정체와?"

—아니, 싸우는 건 너다.

크로아크는 지극히 당연하다는 듯 말했다.

―동시에 우리이기도 하다. 문주한, 다섯 초월체의 힘을 모두 얻은 초월자이며 우리의 본질을 해방시킨 해방자이자, 결국 모든 본질을 한 몸에 담고 부정을 정화할 구원자가 바로 너다.

"대체 무슨 헛소리야!"

나는 발끈하며 소리쳤다.

"난 이미 죽었어! 시공간의 축복도 다 써버렸다고! 아니, 그전에 크로아크! 왜 목숨이 하나가 아니라 두 개씩 줄어든 거야! 그것만 아니었더라도……."

―그것은 중요치 않다.

순간, 눈앞에 붉은색의 숫자가 떠올랐다.

0.

―축복이 빠르게 소진된 것은 내 힘이 한계에 닿았기 때문이다. 인간으로서의 본질이 해방된 이상, 원하는 만큼 무한대의 축복을 내릴 수 있다.

"…헷갈리니까 '칩'이라고 말해."

나는 그제야 안도의 한숨을 내쉬며 소리쳤다.

"그럼 다시 날 돌려보내 줘! 5분 전으로 돌아가서 6번 그림자와 다시 싸우면……."

―그건 의미 없는 일이다.

순간 눈앞에 6번 그림자의 환상이 떠올랐다.

―저것은 인간이 결코 이길 수 없는 존재다. 6번 큐브는 공허의 힘으로 인간의 모든 특수 스텟을 빨아들인다. 그리고 6번 그림자는 그 안에서 가장 강력한 인간이다. 수백 번을, 아니,

수천 번을 반복하더라도 결과는 같다.

"아니……."

─우리들은 처음부터 네가 저것을 이길 거라 생각하지 않았다. 그러니 상관없다. 너는 이미 성공했으니까. 더 이상 이렇게 무력한 상태로 불합리한 투쟁을 반복할 필요가 없다.

크로아크는 내 앞으로 바짝 다가오며 말했다.

─너는 그냥 허락하기만 하면 된다.

"허락? 무슨 허락?"

─우리의 인간으로서의 본질, 즉 '칩'은 결국 인간의 몸속에서 진정한 위력을 발한다. 그리고 너는 우리의 초월체로서의 모든 본질을 품고 있는 완벽한 인간, 초월자다. 그 모두가 하나로 합쳐졌을 때, 진정한 극한의 초월체가 탄생하는 것이다.

"아……."

─억울하지 않았나? 6번 큐브의 싸움은? 네가 그토록 긴 고난을 겪으며 쟁취한 모든 힘이 한순간에 물거품처럼 사라져 버렸다.

크로아크의 목소리는 장엄하게 마음을 울렸다. 나는 힘을 상실한 충격을 머릿속에 떠올리며 발작하듯 몸을 떨었다.

"큭……."

─그것은 견딜 수 없는 고통이다. 힘이 사라지는 것. 우리 역시 같은 경험을 해서 알고 있다. 칩이 큐브에 봉인되었으니까. 본래 가진 힘의 10분의 1도 발휘하지 못한 채, 다른 차원으로 도망쳐서 훗날을 도모해야 했다.

"머리가… 머리가 너무……."

―그것이 바로 본질이 느끼는 고통이다. 그러니 허락해라. 그러면 너는 잃었던 모든 힘을 되찾고, 그것을 넘어 다섯 초월체의 진정한 힘을 한 몸에 가지고 싸울 수 있다.

나는 끔찍한 두통을 느끼며 한쪽 무릎을 꿇었다.

다섯 초월체의 진정한 힘.

그것은 도저히 거부할 수 없는 마성의 울림이었다.

김 소위, 그러니까 전승자가 가지고 있는 '하찮은' 칩만으로도 그는 모든 종류의 힘을 간단히 다뤘다.

심지어 각인 능력에 해당하는 힘은 나보다도 더 뛰어났다. 나는 눈앞에 떠오른 다섯 개의 칩을 손아귀에 넣고 천천히 바라보았다.

찬란하다.

이것을 얻는 순간, 나는 잃어버린 힘보다 더 큰 힘을 다시 가질 수 있을 것이다.

달콤하다.

마치 꿀처럼 달콤한 이야기였다. 현실인지 환상인지 구분할 수 없는 이 공간에서, 나는 과거에 정신력을 회복시키기 위해 먹었던 꿀의 맛을 떠올리며 침을 흘렸다.

뭔가 이상하다.

정확히 뭐가 이상한지 모르지만, 과거의 경험으로 볼 때 이런 상황에서는 신중해져야 한다.

나는 시간을 끌기 위해 질문을 던졌다.

"잠깐… 기다려. 그 전에 묻고 싶은 게 있다."

—무엇이든 물어라.

"뭐가 어찌 되었든 간에… 현실의 나는 여전히 6번 큐브 속에 죽어 있는 게 아닌가?"

—그렇다.

"그런데 어떻게 칩과 합체한다는 거지?"

—다섯 개의 칩은 이미 준비를 끝냈다. 네가 허락하는 그 순간, 임시로 사용할 육체를 동원해서 6번 큐브를 외부로부터 파괴할 것이다.

"임시로 사용할 육체?"

그러자 눈앞에 한 남자의 얼굴이 떠올랐다. 나는 눈을 크게 뜨며 소리쳤다.

"김 소위?"

—전승자다. 다섯 개의 칩은 먼저 전승자와 합체하여 6번 큐브를 파괴할 것이다. 비록 한없이 부족한 육체지만, 그것만으로도 6번 큐브를 파괴할 수 있는 출력을 끌어낼 수 있다. 그러니 너는 어떻겠나? 그토록 강력한 육체와 힘에 초월체의 모든 본질이 더해지면……

"아니, 잠깐."

나는 손사래를 치며 다시 물었다.

"그렇게 김 소위의 몸을 쓰고 나면 김 소위는 어떻게 되는데?"

—물론 죽는다. 힘을 쓰는 그 순간에 죽을 것이다.

"아니……."

─물론 걱정할 필요는 없다. 전승자는 다시 후대로 이어질 테니까. 지하 세계의 또 다른 인간의 머릿속에 칩을 이식하면 그만이다.

"아니, 물론 그렇긴 한데."

나는 정신이 번쩍 드는 것을 느끼며 입술을 깨물었다.

"그 말은, 결국 너희들의 칩도 내 머릿속에 이식한다는 말 아닌가?"

─전승자처럼 야만스러운 방법을 쓰진 않는다. 우리들의 칩은 외과적인 수술이 아닌, 차원 이동을 통해 너의 육체에 고정될 것이다.

"아무튼 내 머릿속에 들어온다는 거잖아? 그럼 나는 어떻게 되는데?"

─너는 그대로 너다. 하지만 동시에 우리 모두이기도 하다.

"내 의식도 남아 있고, 동시에 너희들의 의식도 생긴다는 건가?"

─그렇지 않다.

"아니라고?"

─우린 모두 하나가 된다. 너는 너 스스로이자 동시에 우리가 될 것이다. 위화감이나 불쾌함은 결코 없다.

"…그렇군."

나는 이해하고 고개를 끄덕였다.

"그러니까 나는 나면서, 동시에 내가 아닌 무언가가 된다는 거군."

―그것이 바로 극한의 초월체다. 극한의 부정체를 소멸시킬 유일한 존재다.

"극한의 부정체……."

―물론 우리가 이긴다. 그러니 미리 말했던 것이다. 너는 이미 모든 차원을 구원했다고. 결국 우리 모두가 구원한 셈이다.

초월체에게 있어 미래와 현재는 동시 진행인 모양이다. 나는 쓴웃음을 지으며 고개를 끄덕였다.

"그렇군. 이미 우리는 세상을 구한 거야."

―그렇다. 그러니 이제 허락해라.

"싫어."

나는 단칼에 고개를 저었다.

―싫다고?

그러자 다섯 개의 빛이 동시에 흔들렸다. 나는 지긋지긋한 두통을 곱씹으며 천천히 몸을 일으켰다.

"그래, 싫다고 했다."

―어째서? 세상을 구하고 싶지 않은 건가? 너는 이대로 죽음을 맞이하고, 세상에 존재하는 모든 차원이 공허와 저주의 힘에 잠식되어 멸망하는 것을 원하는 건가?

"물론 원하지 않지."

나는 손가락으로 관자놀이를 누르며 말했다.

"그런데 말이야. 결국 이 모든 일의 원흉이 뭐라고 생각해?"

―원흉? 물론 극한의 부정체가…….

"틀렸어!"

나는 이를 갈며 소리쳤다.

"이 모든 일은 바로 네놈들 때문이야, 이 망할 놈의 초월체들아! 네놈들이 모든 부정적인 본질을 보이드의 몸에 몰아넣었어! 자기 욕심 때문에! 그래서 이 사달이 난 거잖아! 그래서 지구는 멸망했고! 애꿎은 스텔라만 수천 번, 아니, 수만 번의 회귀를 반복했어! 시치미 떼지 마! 전부 다 네놈들 때문이야! 모든 악의 원흉은 바로 너희들이라고, 이 사악한 쓰레기들! 내 평생 다른 모든 것과 합체하더라도 네놈들과는 절대로 안 해! 온 우주가 멸망해도 절대 안 한다고!"

*   *   *

"심장 멎는 줄 알았네."

슌은 한숨을 내쉬며 가슴을 쓸어내렸다.

물론 멎을 심장조차 없었지만, 어쨌든 레빈슨의 부활은 슌의 감정을 극한까지 끌어 올리는 데 충분했다.

덕분에 거점의 한쪽 구석은 폐허로 변했다. 슌이 방출한 스케라 빔에 의해, 레빈슨은 물론이고 역대 전승자들의 무덤이 완전히 뒤집혀 날아가 버렸다.

"다친 녀석은 없나? 모두 괜찮아?"

슌은 뒤를 돌아보며 소리쳤다. 그러자 빈틈없이 밀착되어 몰려 있던 아이들이 환호성을 지르기 시작했다.

"우어어우어!"

"우어우어!"

"워어어어어어!"

"됐다, 됐어. 빨리 이 녀석들한테 말부터 가르쳐야 할 텐데……."

슌은 손바닥에 열려 있는 구멍을 닫으며 주변을 살폈다.

"김 소위?"

그런데 가장 중요한 인물이 보이지 않았다. 슌은 목청을 약간 높이며 다시 한번 소리쳤다.

"전승자! 김 소위! 어디 있나! 방금 그 녀석은 내가 날려 버렸으니까… 응?"

그 순간, 근처의 바닥에 마법진이 그려지며 전승자가 소환되었다.

"컥! 크윽… 헉……."

전승자는 죽을 것 같은 얼굴로 연신 기침을 콜록거렸다. 슌은 재빨리 전승자의 몸을 부축하며 소리쳤다.

"왜 그래! 밖에 무슨 일이 생겼나? 혹시 주한을 데려오려고 밖으로 나갔던 건가?"

"그게… 아닙니다."

전승자는 충혈된 눈을 깜빡이며 고개를 저었다.

"제 의지로 텔레포트를 쓴 것이 아닙니다."

"뭐? 그러면?"

"저도 모르겠습니다. 방금 전까지 여기 있었는데… 갑자기 누군가의 힘으로 강제 전이 되었습니다."

"강제로? 어디로?"

"하늘이었습니다. 매우 높은 고도의 하늘… 너무 춥고 숨을 제대로 쉴 수 없었습니다. 그리고 근처에 6번 큐브가 떠 있었습니다."

"큐브? 설마 큐브가 그런 힘을?"

"그런데 주변에……."

전승자는 멍한 얼굴로 슌을 바라보았다.

"빛나는 칩들이 떠 있었습니다."

"칩?"

"제 머리에 이식된 것과 비슷한… 하지만 비교조차 할 수 없는 고도의… 아무튼 광채가 나는 칩이었습니다. 원래 유기체와 결합해서 능력을 발휘하는 건데… 대체 어떻게 스스로 그런 힘을……."

전승자는 이해할 수 없는 얼굴로 횡설수설했다. 슌은 전승자의 뺨을 가볍게 두드리며 말했다.

"무슨 소린지는 모르지만 정신 차려라. 그래서 6번 큐브는?"

"큐브는… 그냥 거기에 있었습니다."

"주한은?"

"모릅니다. 아마도 아직 큐브 안에 있겠죠."

"좋아. 그럼 당시 상황을 자세히 말해. 6번 큐브 근처로 강제 소환 되어서 무슨 일이 있었지?"

"아무 일도 없었습니다. 다섯 개의 빛나는 칩들이 제 주변을 빙글빙글 돌며 접근했는데… 다시 멀어졌습니다. 그리고 이곳으로 돌아왔습니다."

"그게 끝이야?"

"네."

"영문을 모르겠군. 아무튼 레빈슨은 내가 흔적도 없이 제거했다."

슌은 고개를 돌리며 폐허가 된 무덤 터를 가리켰다. 전승자는 그제야 정신을 차리며 고개를 끄덕였다.

"맞아… 그랬었죠. 고작 1분 전의 일인데도 한참 시간이 지난 것 같군요."

"녀석은 공허 합성체로 변하고 있었어. 원래 시체도 그렇게 변할 수 있나?"

"기록은 드물지만… 가능은 합니다. 저희들은 내성이 있어서 죽은 후에도 변하지 않습니다만, 내성이 없던 초창기의 보이디 아인들 중에는 드물게 그런 경우가 발생하기도 했습니다."

"초창기라니, 16만 년 전에 말이야?"

"네. 16만 년 전에 말입니다."

"그것참……."

슌은 헛웃음을 지으며 고개를 저었다. 일단 한숨 돌리긴 했지만, 무언가 찜찜한 기분을 지울 수가 없었다.

*　　　　*　　　　*

그 순간, 깨질 듯한 두통이 사라졌다.

모든 초월체는 침묵했다. 그들은 압도적인 존재였지만, 지금 이 순간만큼은 내가 더 강하다는 걸 실감할 수 있었다.

이곳은 저들이 지배하는 공간이 아니다.

주도권은 내게 있다. 눈앞에 있는 빛의 덩어리들은, 그저 나 하나에 목을 걸고 있는 하찮은 파편에 불과하다.

그래. 그런 것이다.

믿을 수 없을 만큼 머리가 개운하다. 초월체들의 유혹을 거절한 순간, 나는 스스로 무언가 변했다는 것을 깨달았다.

"정확히 무엇인지는 모르겠지만……."

나는 경직된 다섯 개의 빛을 노려보며 말했다.

"어쨌든 힘은 상관없어. 됐으니까 그만 포기해."

─처음부터 없었다면 상관없다.

초월체 중 하나가 믿을 수 없다는 듯 말했다.

─하지만 너는 거대한 힘을 얻었다. 그리고 그것을 상실했다. 인간은 그것을 견디지 못한다.

"그래. 못 견디겠어. 지금도 속이 쓰려 죽을 것 같아."

─그런데 어째서 우리의 힘을 거절하나?

"방금 말한 거 못 들었나? 한 번 더 퍼부어줘?"

─하지만 우리가 아니면… 너는 이제 죽는다.

"미안하지만 그렇게는 안 돼."

─뭐?

"이미 힘을 회복했다며? 큐브의 봉인에서 벗어나서. 그러니

다시 살려라. 5분 전으로 돌려놔."

—그래봤자 무슨 소용이지? 너는 6번 그림자를 이길 수 없다. 아무리 영원히 반복한다 해도…….

"영원히?"

나는 코웃음을 치며 고개를 저었다.

"그런 건 필요 없어. 딱 한 번이면 된다."

—한 번?

"한 번만 돌아가면 충분해. 이젠 알았다. 내가 부족했던 게 뭔지."

—너는 6번 그림자에 비해 약하다. 그것이 유일한 원인이다.

"틀렸어."

나는 머릿속에 넘치는 수많은 작전과 변칙적인 아이디어를 떠올리며 고개를 저었다.

"힘이 아니야. 반대로 힘에 집착한 게 문제지. 가진 힘을 몽땅 잃어버렸다는 충격 때문에 진짜를 보지 못한 거다."

—진짜? 진짜는 6번 큐브가 스텟상 너보다 월등히 앞선다는 거다.

"스텟 따위는 상관없어."

나는 고개를 저었다.

"그건 그냥 숫자일 뿐이야. 평범한 인간이 최상급 공허 합성체를 상대로 싸우는 것도 아니잖아? 그 정도 숫자 차이는 없는 거나 다름없어."

—하지만 넌 계속 졌다.

"맞아. 숫자에 매달렸으니까. 회귀한 이후로 오랫동안 거기에 목을 매고 살았지. 그럴 수밖에 없기도 했지만……."

나는 '지구인 문주한'으로 살았던 수십 년의 세월을 떠올리며 쓴웃음을 지었다.

"난 원래 그렇게 싸우던 인간이 아니었다."

—무슨 소리지?

"난 지휘관이었다. 지휘관은 몸으로 싸우는 게 아니야. 내가 죽으면 부대는 와해된다. 최대한 끝까지 안 죽고 버티면서 수를 찾아내야 해. 몸보다 생각이 먼저다."

—설마 머리로 싸운다는 건가?

동시에 초월체들의 비웃음이 들렸다.

—뜻은 가상하군. 하지만 6번 큐브 안에는 너와 그림자밖에 없다. 대체 무슨 부대를 컨트롤해서 적과 싸우겠다는 거지?

"작전은 기밀이다."

—뭐?

"너희들 같은 악의 원흉들에게 작전을 유출할 생각은 없어. 그러니 잠자코 내 명령에 따라라."

—명령?

"어차피 너희 모두 내 안에 깃든 초월체의 파편일 뿐이지 않나? 그러니 시키는 대로 해. 내가 죽으면 너희도 모두 사라져. 그렇게 되면 밖에 있는 칩이고 뭐고 쓸모가 없어지겠지. 안 그런가?"

초월체들은 금방 대답하지 못했다.

나는 스스로가 압도하고 있다는 걸 느끼며 빛을 향해 다가
갔다.

"그러니 당장 날 살려내라. 5분 전으로 돌려봐. 그리고 지켜
봐라. 내가 어떻게 6번 그림자를 상대로 승리하는지."

그러자 초월체들의 빛이 점점 줄어들었다.

그리고 얼마나 시간이 지났을까?

한가운데 있던 초월체가 마지막 빛을 번뜩이며 물었다.

─혹시 퀘스트의 보상을 생각하는 건가?

"뭐?"

─너는 아직 최상급 퀘스트의 보상을 받지 않았지. 그걸로
근력 스텟을 높여서 6번 그림자를 힘으로 압도할 계획이 아닌
가?

"아……."

─그렇다면 실수다. 6번 큐브 안에서는 퀘스트로 받은 보상
조차 모두 사라진다. 너는 혼자만의 망상에 빠져 질식해 죽어
버릴 테지.

초월체는 마치 저주라도 걸듯이 말을 내뱉었다.

하지만 나는 웃으며 고개를 저었다.

"틀렸어."

─틀렸다고?

"아직도 숫자 타령인가? 네놈들은 하나부터 열까지 모두 틀
렸어. 난 퀘스트 보상 따위는 처음부터 고려도 안 했다."

─그러면 대체 무슨 힘으로…….

"힘이 아니라고 했잖아? 아, 그전에 하나 묻고 싶은 게 있는데, 6번 큐브 내부는 역시 시공간의 주머니 내부와 같은 구조인가?"

―뭐? 이 와중에 대체 무슨 쓸데없는 이야기지?

"쓸데없는지 아닌지는 내가 결정해."

나는 초월체의 중심부에 주먹을 가져다 대며 위협했다.

"너희들은 그저 내가 판단할 수 있는 단서를 제공하면 그만이다. 그러니 말해. 6번 큐브는 시공간의 주머니와 같은 구조인가?"

―그렇다.

결국 기세에서 밀린 듯, 초월체는 더욱 희미하게 빛을 잃기 시작했다.

―6번 큐브는 시공간의 주머니와 같은 구조를 가지고 있다. 처음부터 그렇게 만들었으니 확실하다.

"맞아. 큐브는 애초에 너희들이 만들었지."

나는 웃으며 한 발 뒤로 물러났다.

"좋아, 그럼 됐어. 이제 날 다시 살려내라."

―너는…….

초월체는 완전히 사라지며 사그라지는 목소리로 말했다.

―아직 죽지 않았다. 다시 돌아가라. 그리고 바라는 대로 한 번의 목숨을 줄 테니…….

*   *   *

초월체들과 함께 있던 순간에, 나는 달콤한 꿀을 떠올리며 침을 흘렸다.

대단히 뜬금없는 일이었다. 하지만 이제는 왜 그런 현상이 벌어졌는지 이해할 수 있었다.

"이런 망할……."

현실의 나는 침이 아닌 대량의 피를 입으로 흘리고 있었다.

바닥에 엎드린 채로.

물론 그 안에 약간의 침이 섞여 있을 수도 있지만… 어쨌든 뭔가가 입가로 흘러내리는 감촉은 비슷하다.

그 순간, 머리 위로 싸늘한 감각이 느껴졌다.

"큭!"

나는 잽싸게 몸을 옆으로 날렸다. 동시에 내가 엎드려 있던 공간으로 몽둥이가 내리꽂혔다.

쾅!

정확하게 머리가 있던 지점이다. 공격이 빗나간 6번 그림자는 몽둥이를 다시 들며 놀란 표정을 지었다.

"갑자기 뭐지? 다 죽어가던 주제에, 얼굴에 생기가 돌아왔는데?"

"아, 겉으로만 그렇게 보일 뿐이야."

나는 뒷걸음을 치며 입에 고인 피를 뱉었다.

"온몸이 욱신거리는 게 죽을 지경이다. 이럴 바에는 차라리 한 번 더 죽고 다시 시작하는 게 좋겠군."

눈앞에는 여전히 붉은색의 숫자로 1이 표시되어 있다.

하지만 이젠 알 수 있다. 저 1은 내게 반드시 한 번의 기회를 더 줄 것이다.

'물론 지금은 그 기회를 낭비할 필요도 없지만……'

나는 머릿속으로 수많은 작전을 떠올리며 수십 가지의 계획을 전개했다.

그림자는 혀를 내두르며 웃었다.

"휘유. 쌩쌩해진 건 얼굴뿐이 아니군. 대체 어떻게 된 거지? 생각이 너무 빠르게 돌아가는데? 너무 빨라서 내 머리로는 다 읽을 수 없을 정도야. 결국 진짜 미쳐 버린 건가?"

"그런 건 아닌데… 아, 잠시만 기다려 봐."

나는 항복하듯 양손을 들며 계속 뒷걸음쳤다.

"어차피 네가 이겼잖아? 너무 급하게 서두르지 말라고, 어차피 죽으면 다시 돌아올 건데, 그 전에 이야기를 좀 해보자고."

"질 생각은 하나도 없는 주제에 말은 잘하네. 대체 무슨 생각인지는 모르지만… 그래. 아무래도 상관없겠지."

그림자는 다가오는 걸음을 멈춘 채, 양팔을 펼치며 소리쳤다.

"어차피 도망칠 곳은 없으니까! 여기가 네 무덤이다!"

"처음에는 허무주의 같더니, 지금은 혈기가 넘치는군."

나는 피식 웃으며 말했다.

"걱정 마라. 오래 끌 건 아니니까. 아무튼 실수였다. 이런 상황에서 너랑 일대일로 싸워서 힘으로 이겨보려고 했으니."

"오, 이제 와서 자책하는 건가?"

"그래."

나는 순순히 고개를 끄덕였다.

"내가 멍청했다. 힘에서 차이만 나지 같은 조건이라고 생각했으니까."

"무슨 소리지? 여기서는 너나 나나 공평해. 혹시 내가 체격이 더 크고, 힘이 더 강한 걸 불공평하다고 하는 건가?"

"그게 아니야."

나는 6번 큐브에 놓인 넓은 판의 가장자리까지 물러난 다음 걸음을 멈췄다.

여기서 한 발만 더 뒤로 물러나면, 끝없이 펼쳐진 우주 공간으로 떨어지게 된다.

"처음부터 이길 수 없는 싸움이었다. 힘? 그런 건 큰 문제가 아니야. 문제는 네놈이 내 머릿속을 들여다보고 있다는 거지."

나는 손가락으로 머리를 두드렸다.

"그러니 내가 질 수밖에. 만약 내가 네 머릿속을 읽는다면 말이지. 나는 10초 안에 네 목을 꺾어버릴 자신이 있어. 어때?"

"그럴지도 모르지."

그림자는 다시금 내 쪽으로 걸음을 옮겼다.

"언제쯤 눈치채나 했는데… 그래도 다행이군. 죽기 전에 깨달아서 말이야."

"바보는 죽기 전에는 안 고쳐진다고 하지? 그래도 다행이야. 한 번 죽고 나니까 정신이 번쩍 들더라고. 정확히는 죽기 직전의 주마등 같은 거였다만."

"그래서? 그래서 내린 답이 고작 그건가?"

그림자는 내 앞으로 10미터쯤 떨어진 곳에 멈춰섰다.

"정신없이 무수한 생각으로 머릿속을 꽉 채우는 것? 그래봤자 소용없어. 인간은 아무 생각 없이 싸울 수 없거든. 결국 싸울 때는 의식이 집중된다."

"확실히 그렇겠지. 내가 무의식으로 싸우는 달인도 아니고."

"아, 달인이라도 상관없어. 그게 아니더라도 내가 더 강하니까. 힘도 강하고 무기도 있지. 그리고 지난 수만 년 동안 홀로 수련을 쌓았다. 너를 상대로 싸워 이기기 위한 끝도 없는 수련을 말이야."

"굉장하군. 무려 16만 년 동안 헛수고를 하다니."

나는 도발하듯 웃으며 품속으로 손을 넣었다.

"상대가 누군지도 모르는데, 혼자서 머릿속으로 시뮬레이션을 돌린 건가? 뭐, 좋아. 노력만큼은 가상하다고 해주지."

"호… 기세등등하군. 그래서 뭘 어쩌려고? 설마 날 끝으로 유도해서 허무의 공간으로 떨어뜨릴 셈인가?"

그림자는 내 뒤에 펼쳐진 텅 빈 우주를 바라보며 웃었다.

"내가 지난 수만 년 동안 그런 경우도 생각하지 못했을 것 같나? 미안하지만 난 여기서 한 발도 움직이지 않을 거다. 지극히 낮은 확률이라 해도 실수할 가능성이 있으니까. 그러니 싸우고 싶으면 내쪽으로 와라."

"아, 그래?"

나는 고개를 끄덕이며 말했다.

"그럼 처음부터 이쪽으로 도망칠 걸 그랬군. 괜히 시간 끌려고 쓸데없이 주절거릴 필요도 없었는데 말이야."

"뭐?"

"물론 그것도 생각하지 않은 건 아니다. 널 가장자리로 끌어들여서 어떻게든 밖으로 떨어뜨리는 것… 하지만 실패 확률이 너무 높아서 폐기 처분 한 스무 가지 작전 중 하나일 뿐이야."

"스무 가지?"

"거짓말 같나? 사실이야. 내가 생각해도 믿기 힘들지만……."

나는 스스로 놀라며 자기 자신을 스캐닝했다.

그리고 웃었다.

"하하… 숫자는 의미 없다고 말했는데, 꼭 그런 건 아닌가 보군."

다른 스텟은 그대로였다.

레벨도 여전히 1이다.

하지만 유일하게 한 가지 스텟이 상승해 있었다.

정신력: 59(100)

정신력의 최대치가 100을 돌파했다.

사실 알고 있었다.

내 몸에 깃들어 있던 초월체들의 유혹을 뿌리친 순간, 나는 스스로 무언가를 넘어섰다는 것을 느꼈다.

처음 오러를 각성했던 순간보다도.

처음 마력을 각성했던 순간보다도.

소드 마스터를 넘어, 그랜드 마스터로 각성한 순간보다도.

바로 지금 이 순간, 나는 과거의 나를 초월했다는 기분을 만
끽했다.

· 122장 ·
함께

"뭐? 정신력이? 아니, 지금 대체 무슨 생각을……."

그림자는 혼란스러운 표정이었다. 나는 한쪽 어깨를 으쓱였다.

"생각이 빨라서 읽기가 힘들지? 나도 이렇게까지 할 수 있는지 몰랐다."

"아니 이건 그냥 빠른 게 아니라……."

"맞아. 동시에 여러 개의 생각이 가능해. 그 모든 생각을 실시간으로 비교하면서 우열을 가릴 수 있고… 그래. 유체 금속 검 네 자루를 동시에 컨트롤하는 게 한계라고 생각했는데, 지금이라면 일곱 자루 모두 컨트롤할 수 있을 것 같다. 나중에 밖에 나가면 해봐야겠어."

"시끄러워!"

그림자는 폭발하듯 소리쳤다.

"그만 떠들어! 넌 절대 밖에 나가지 못해! 여기서 죽을 테니까!"

"내가? 여기서?"

나는 놀란 눈으로 고개를 저었다.

"그건 불가능해. 당장 내가 여기서 가만히 있기만 해도 죽을 일은 없지 않나? 응? 원판의 가장자리로 10미터 이상 접근하지 않는 겁쟁이 씨?"

"이 자식이!"

그림자는 들고 있던 몽둥이를 집어 던졌다.

부웅!

나는 미리 비켜난 곳으로 날아가는 몽둥이를 보며 고개를 저었다.

"예측은 했지만 정말 던질 줄이야."

"…뭐?"

"아니, 혼잣말이다. 이걸로 너는 반격할 수 있는 소중한 도구를 잃어버린 거야."

"닥쳐! 저딴 몽둥이 없어도 너 따위는 천만 번도 더 죽일 수 있어! 반격? 웃기지도 않는 이야기는 그만해! 피투성이로 다 죽어가면서 허세를 부리긴! 당장 이쪽으로 와! 맨손으로 상대해 줄 테니까!"

"그것도 나쁘지 않겠지만……."

나는 허공을 날아가다 멈춰 버린 몽둥이를 돌아보았다.

"이쪽이 더 좋은 방법일 것 같군. 그럼 잠시만 거기서 기다려라."

"뭐?"

"가져올 물건이 있어서 말이야. 그럼……."

그리고 나는 지면을 박차며 뒤쪽으로 몸을 날렸다.

끝없이 펼쳐진 공허의 공간 속으로.

"이 머저리가!"

그림자는 펄쩍 뛰며 소리쳤다.

"뭐 하는 거냐! 기껏 생각한 게 자살인가? 하지만 틀렸어! 넌 죽지 못해! 그곳은 허무의 공간이다! 살지도 죽지도 못한 채 영원히 멈춰 있는 거야!"

"누가 꺼내주기 전까지 말인가?"

"그래. 넌 이제 멈춘다. 끝이 찜찜하지만 잘됐군. 스텔라 한 명으로는 그림이 부족하다고 생각했어. 앞으로 영원의 시간 동안 너의 어리석음을 감상해 주마. 그래, 기왕이면 몸이 움직이는 동안 좋은 포즈를 취해주면 좋겠군. 그 포즈로 영원히 멈춰 있을 테니 말이야, 하하하하!"

그림자는 득의만만하게 웃었다.

그리고 나는 더 이상 녀석의 이야기에 신경 쓰지 않았다.

그저 허무의 공간에 떨어진 채, 한쪽 손으로 천천히 헤엄을 치며 텅 빈 공간을 유영하기 시작했다.

'무중력 같지만 약간의 저항도 느껴지는군. 확실히 시공간의

주머니에 들어갔을 때와 비슷한 느낌이다.'

실제로 다른 한 손을 주머니에 넣고 있어 비교가 가능했다. 공간에 익숙해진 나는 곧바로 한참 떨어진 곳에 떠 있는 스텔라를 향해 헤엄쳐 나갔다.

그러자 그림자가 소리를 질렀다.

"뭐야! 왜 계속 움직여!"

나는 대꾸하지 않았다.

그림자는 방향을 바꿔 내 쪽으로 계속 걸음을 옮기며 소리쳤다.

"멈춰! 멈추라고!"

"그곳은 허무의 공간이다! 인간은 물론이고, 모든 생물과 무생물의 의미가 사라지는 곳이야!"

"너는 거기서 움직이면 안 돼!"

"그건 법칙을 깨는 거다!"

"설마 내가… 환각을 보고 있는 건가?"

물론 환각은 아니다.

처음부터 나는 인간이 살 수 없는 공간에서도 생존이 가능했으니까.

그것이 바로 초월체의 성물 중 하나인 '우주의 돌'의 효과다.

물론 여기가 우주의 돌로도 커버가 힘든 공간일 가능성도 있다. 그래서 부가적으로 주머니에 손을 집어넣은 채 우주의 돌을 직접 손으로 쥐었다.

'시공간의 주머니 속에는 생물이 들어갈 수 없어. 하지만 초

월체의 성물을 쥐고 있으면 가능하다.'

처음부터 이 공간은 시공간의 주머니와 비슷하다고 생각했고, 추가로 초월체들에게 확인 과정을 거쳤다.

'오비탈 차원에서도 레빈슨을 잡기 위해 이 방법을 사용했지.'

당시에 나는 시공간의 주머니 속에 들어간 채 슌에게 목숨을 맡겼다.

하지만 나는 그 어떤 공간에서도 생존이 가능했다. 덕분에 시공간의 주머니 속에서도 직접 빠져나오지만 못할 뿐, 또렷한 의식으로 결전의 순간이 오기만을 기다렸다.

물론 완전히 같은 것만은 아니다.

허무의 공간은 성물 없이도 일단 들어갈 수 있다. 그리고 스텔라의 상태를 볼 때, 성물을 쥔 채 주머니에 들어간 것과 비슷한 형태로 경직된다.

그렇다면, 그녀에게 추가적으로 성물을 쥐면 자유롭게 움직일 수 있지 않을까?

"이제 곧 알게 되겠지……."

나는 혼자 중얼거리며 스텔라의 곁으로 다가갔다.

스텔라는 텅 빈 공간에 얼어붙은 것처럼 경직되어 있었다. 나는 조심스럽게 그녀의 손을 잡고 주머니 속으로 함께 집어넣었다.

그리고 얼마나 시간이 지났을까.

"……."

창백하던 스텔라의 얼굴에 온기가 돌아오기 시작했다. 나는 그녀의 이마에 입을 맞추며 나지막한 목소리로 물었다.

"정신이 들어?"

"당신⋯⋯."

"그래, 나야. 몸은 좀 어때?"

"괜찮아. 그보다도⋯⋯."

그녀는 원반 위에서 마구 소리를 지르는 그림자를 보며 고개를 갸웃거렸다.

"시간이 얼마나 지난 거야? 그리고 6번 그림자는 왜 저러고 있지?"

"얼마 지나지 않았어. 6번 그림자는 지금 현실 부정 중이고."

"현실 부정?"

"있을 수 없는 일이 일어났거든. 그래봤자 저 녀석의 머릿속에서 스스로 정한 법칙일 뿐이지만."

나는 어깨를 으쓱였다. 스텔라는 언제나처럼 감정이 없는 듯한 얼굴로 날 바라보았다.

그리고 웃었다.

"역시 왔구나, 주한."

"당연히 왔지. 너야말로 혼자 먼저 가버렸지? 내가 얼마나 놀랐는지 알아?"

"어쩔 수 없었어. 레비그라스와 당신의 동료들을 구하려면."

"나도 알아. 화내는 거 아니야."

나는 다시 한번 그녀에게 입을 맞췄다. 스텔라는 내 입술에 묻은 피를 닦으며 작은 목소리로 말했다.

"얼굴이 말이 아니야."

"저놈한테 얻어맞아서 그래. 온몸이 쑤셔."

"그래도 표정은 좋아 보여. 6번 큐브는 쉽지 않았을 텐데… 결국 방법을 알아낸 거야?"

"방법? 방법은 아주 많이 알아냈지. 나는 그중 한 가지를 선택했을 뿐이고."

"날 구하는 것?"

"그래. 널 구해서 같이 싸우는 거야."

나는 가볍게 웃으며 물었다.

"6번 그림자는 강해. 하지만 우리 둘이 같이 싸우면 어떨까?"

"나도 저 안에서는 평범한 인간일 뿐이야."

"그렇겠지. 하지만 평범한 인간이라도 상관없어."

"정말?"

"당연하지. 그런 말도 있잖아? 한 마리의 사자가 이끄는 백 마리의 양이, 한 마리의 양이 이끄는 백 마리의 사자보다 강하다고."

"그럼 내가 양?"

동시에 무표정하던 그녀의 얼굴에 부드러운 미소가 번지기 시작했다.

평범한 인간 같은.

나는 고개를 저으며 함께 웃었다.

"평범한 양은 아니지. 너는 지구에서 16만 년 동안 살아온 인간이잖아?"

"16만 년?"

스텔라는 헛기침을 하며 고개를 저었다.

"아니야."

"아니라고?"

"그건 겉으로 지난 시간일 뿐이야. 내가 대체 몇 번이나 같은 시간을 반복했는지 알아?"

"모르지."

"나도 몰라. 그러니까……"

그녀는 6번 그림자를 돌아보며 눈을 가늘게 떴다.

"적어도 저 16만 년짜리보다는 경험이 많을 거야."

"믿음직하네. 좋아. 그럼 지금부터 협공을 해보자. 작전은 내가 짤 테니까. 너는 그대로 움직여 줘."

"예전처럼?"

"그래, 예전처럼. 우리가 함께 싸웠던 마지막 지구처럼……"

나는 쓴웃음을 지으며 먼 과거를 떠올렸다.

그리고 멀리 허공에 둥둥 떠 있는 유체 금속 몽둥이를 돌아보았다.

다시 저곳까지 헤엄쳐 가려면 시간이 꽤 걸릴 것이다.

하지만 그것조차도, 기다리는 적을 더욱 초조하고 흥분하게 만드는 작전의 일부일 뿐이었다.

모든 것은 계획대로였다.

＊　　　　＊　　　　＊

"큰일 났습니다."

전승자의 표정이 급격히 어두워졌다. 순은 붕대를 감아주던 아이를 옆으로 살짝 밀어내며 눈살을 찌푸렸다.

"지금 우리에게 유일한 큰일은 말이지, 주한이 목표를 달성하지 못하고 죽어버린 것뿐이다. 그러니까 주한의 시체라도 발견한 게 아니라면 함부로 큰일이란 말 좀 쓰지 마."

"그건 아닙니다만… 그래도 큰일입니다."

전승자는 맵온을 확인하는 듯, 눈으로 허공을 훑으며 설명했다.

"지상에 새로 떨어진 공허 합성체들이 입구를 찾기 시작했습니다."

"입구? 무슨 입구?"

"지하 세계의 입구 말입니다. 땅을 파헤치고, 계곡이나 동굴로 퍼지면서 탐색을 시작했습니다."

순은 반사적으로 전승자의 멱살을 쥐었다.

"뭐라고! 왜 갑자기? 여긴 16만 년 동안 안전했던 것 아닌가?"

"아마도… 방금 전에 되살아난 인간 때문인 것 같습니다."

전승자는 순의 손을 밀어냈다. 그리고 폐허가 된 무덤 터를 보며 한숨을 내쉬었다.

"모든 공허 합성체들은 의식을 공유합니다. 레빈슨이 공허 합성체로 변하려는 순간에, 다른 모든 공허 합성체에게 이곳의 정체가 드러난 것 같습니다."

"아… 이 망할 놈의 개자식이!"

슌은 이를 갈며 발을 구르기 시작했다.

"레빈슨! 네놈은 죽어서도 날 괴롭히는 거냐! 내가 멍청했지! 부관참시를 해도 시원치 않을 놈을 한 방에 날려 버렸으니!"

"진정하십시오. 어차피 고통을 느낄 수 없으니 쓸데없는 짓입니다."

"누가 뭐래! 그냥 화가 치솟아서……."

"아, 이거군요."

전승자는 급하게 혈청 하나를 내밀었다. 슌은 아차 하며 급하게 혈청을 입에 집어넣었다.

"후우… 깜빡 잊고 있었네. 미안하다. 잠깐 제정신이 아니었어. 아무래도 힘을 써서 그런지 저주가 다시 오르기 시작한 것 같다."

전승자는 개의치 않다는 듯 가볍게 웃었다.

"그런 것 같습니다. 남은 혈청이 많지 않으니 조심하는 게 좋겠습니다."

"알았다. 인간의 몸은 두뇌밖에 안 남은 주제에 왜 이렇게 금방 타락해 버리는지……."

슌은 양손으로 자신의 머리를 쥐며 자책했다.

"아무튼 그럼 어떻게 하지? 지하 세계의 입구라는 게 존재하긴 하는 건가?"

"존재합니다. 물론 봉인되어 있지만… 정말로 공허 합성체가 그걸 발견하고 강제로 뜯어버리면 내부로 진입해 올 수도 있습니다."

"큰일이군. 여유는 얼마나 남았지?"

"당장은 괜찮습니다. 하지만 두세 시간… 아니, 한 시간 정도 후에는 공허 합성체의 이동 경로와 겹칠지도 모르겠군요."

"한 시간이라."

슌은 손바닥에 구멍을 열고 허공을 겨누며 말했다.

"각오를 해야겠어. 지하 세계의 입구 쪽으로 안내해라. 녀석들이 들어오면 바로 요격할 테니까."

"그건 좋은 생각이 아닙니다. 비록 최상급은 아니라 해도… 당신의 스텟으로는 상급 공허 합성체를 상대하는 것도 빠듯합니다."

"나도 알아. 하지만 어쩌겠어?"

"그냥 거점에 계십시오. 최대한 시간을 끌어서 초월자님이 돌아오는 것을 기다립시다. 거점은 지하 세계의 입구와 가장 먼 곳에 있고, 이곳으로 통하는 동굴은 특히 좁아서 공허 합성체가 빠르게 진입하기 힘들 겁니다."

"그럼 밖에 있는 아이들은?"

슌은 눈을 가늘게 뜨며 물었다. 전승자는 자신이 또 말을 잘 못했다는 것을 깨닫고는 아차 하며 한숨을 내쉬었다.

                    *   *   *

　스텔라는 강했다.

　단순히 육체적인 힘만 봐도 만만치 않았다.

　그녀는 여성 중에서 꽤나 장신이었고, 레비의 대신전에서 강제로 당한 끔찍한 수련 덕분에 다양한 전투에 단련이 되어 있었다.

　무엇보다 모든 특수 능력이 사라진 인간의 싸움에서, 그녀가 겪은 끝도 없는 과거의 경험이 빛을 발했다.

　아마도 지금의 나보다 지금의 그녀가 훨씬 강할 것이다.

　그렇다고 한 번의 싸움에 모든 것을 걸지 않았다. 우리는 끊임없이 그림자를 괴롭히며, 조금이라도 위기에 몰릴 것 같으면 원반의 외곽으로 몸을 피했다.

　"이런 비겁한 놈들! 거기서 당장 나와! 안으로 와서 제대로 싸우자!"

　결국 그림자의 입에서 저런 말까지 나올 지경이 되었다.

　물론 내 귀에는 칭찬으로 들렸다. 싸움에 있어서 비겁하다는 것은, 상대의 약점을 정확히 노리면서 효율적으로 싸운다는 것을 의미한다.

　그리고 녀석은 이대로 가면 패배가 확실하다는 것을 알면서도 끝끝내 원반의 외곽으로 10미터 안쪽에 들어오지 못했다.

　녀석은 16만 년 동안 수련을 한 게 아니었다.

　오히려 16만 년 동안 자신의 손발을 묶는 법칙들을 쌓아온 것뿐이다.

그래서 우리는 끊임없이 원반의 내곽과 외곽을 왕복하며 모기처럼 녀석을 괴롭혔다.

그렇게 한 시간쯤 지났을까?

콰직!

결국 휘청거리는 6번 그림자의 뒤통수로 스텔라가 휘두른 몽둥이가 올려 꽂혔다.

그걸로 끝났다.

그림자는 코와 입으로 피를 뿌리며 앞으로 고꾸라진 채, 더이상 꼼짝도 하지 않았다.

스텔라는 피 묻은 몽둥이를 지팡이 삼아 기대며 숨을 헐떡였다.

"끄… 끝난 거야?"

"그래. 스캐닝이 안 되네."

나는 한숨을 내쉬며 그 자리에 주저앉았다.

충분히 휴식을 취하면서 싸웠는데도 죽을 것 같다. 하물며 우리가 이 정도인데, 한시도 쉬지 않고 긴장해야 했던 6번 그림자는 얼마나 미칠 지경이었을지 짐작할 수도 없었다.

"이제 어떻게 되는 거지?"

나는 주저앉은 채 스텔라에게 물었다. 그녀는 텅 빈 공허의 공간을 둘러보며 천천히 고개를 저었다.

"나도 모르겠어. 아마도 곧 6번 큐브가 파괴될 텐데……."

"그다음엔?"

"보이드가 풀려나겠지. 아마도……."

그 순간이었다.

쩌적!

무한히 펼쳐진 듯한 공허의 공간이 마치 돌에 맞은 유리처럼 사정없이 갈라졌다.

동시에 우리를 받치고 있던 원반 역시 금이 가기 시작했다. 나는 급하게 몸을 일으킨 다음, 스텔라의 손을 잡고 원반의 중심부를 향했다.

쩌적!

쩌저저저저적!

쩌저저저적!

세상이 갈라지는 소음에 고막이 아플 지경이다. 나는 목소리를 높이며 소리쳤다.

"스텔라!"

"왜!"

"지금까지 같이 싸워줘서 고마웠어! 하지만 다음에는 안 될 것 같아!"

나는 거기까지 말하고는 시공간의 주머니를 꺼냈다. 스텔라는 더 이상 말할 필요가 없다는 듯, 미소를 지으며 고개를 끄덕였다.

"전부 맡길게! 보이드를 해방시켜 줘!"

"해방?"

"그리고 혹시 직접 만난다면……."

그녀는 안타까운 표정을 지으며 시공간의 주머니에 손을 집어넣었다.

"미안하다고 전해줘! 정말 미안하다고!"

거기까지 외친 다음, 스텔라는 주머니 속으로 쑥 들어가 버렸다.

나는 곧바로 주머니를 품속에 집어넣었다.

정신력의 최대치가 100을 돌파했기 때문일까?

단지 두어 마디의 사과였을 뿐인데도, 나는 그녀가 품고 있던 여러 가지의 복잡한 감정을 읽을 수 있었다.

보이드라는 한 명의 인간에 대해.

하지만 이제 와선 아무래도 상관없는 일이었다. 나는 조각나는 6번 큐브의 정중앙에 선 채, 앞으로 내게 닥칠 마지막 싸움을 머릿속으로 그리기 시작했다.

*　　　　　*　　　　　*

그 순간, 끝없이 펼쳐진 허무의 공간이 사라졌다.

깊고 맑은 어둠이 걷히고, 대신 뿌옇고 칙칙한 어둠이 찾아왔다.

그것은 보이디아의 하늘이었다.

나는 텅 빈 하늘에 홀로 떠 있었다.

쿠구구구구구구구구구······.

산산조각 난 큐브의 잔해들이 지상으로 추락하고 있다.

나 역시 그 잔해에 섞인 채 지상을 향해 추락하기 시작했다. 꽤나 급박한 상황이었지만, 어쩐지 마음이 평온해서 긴장이 되진 않았다.

이젠 안다.

큐브는 극한의 부정체와 동일한 존재가 아니다.

단지 부정체를 봉인하기 위해 만든 감옥일 뿐.

감옥이 무너지면 죄수는 밖으로 빠져나오게 된다. 극한의 부정체가 빠져나오면, 모든 차원은 전과 비교할 수 없을 정도의 끔찍한 재앙을 겪게 될 것이다.

그럼에도 불구하고 초월체들은 내게 그것을 파괴하라고 퀘스트를 주었다.

퀘스트2: 보이디아 차원의 큐브를 파괴하라(???)

'결국 자기들이 풀려나기 위해서였지.'

큐브가 봉인한 것은 극한의 부정체뿐만이 아니었다.

초월체들이 '인간'이었던 시절, 자신들이 가지고 있던 모든 힘과 지식을 담은 '칩'도 함께 큐브에 봉인되었다.

지금 이 순간에도 그중 하나가 내 앞에 떠 있었다. 어둠 속에서 눈부실 정도로 찬란한 빛을 발하며.

"……"

나는 말없이 금속 칩을 바라보았다.

금속이라고 했지만 정확히 어떤 재질로 만들어졌는지는 알 수 없다. 시공간의 주머니와 비슷한 질감으로 보였지만, 실제로 만져보지 않고서는 아무것도 알 수 없었다.

물론 저것과 합체할 생각은 절대 없다.

하지만 눈앞의 칩은 별다른 움직임을 보이지 않았다. 말을 걸지도 않고, 강요하지도 않고, 그냥 가만히 떠 있을 뿐이었다.

나는 곧바로 그것이 '누구의' 칩인지를 파악하며 덥석 움켜쥐었다.

동시에 수많은 지식들이 홍수처럼 머릿속에 흘러 들어왔다.

"아……."

나는 눈을 감았다.

예상대로 칩의 주인은 레비그라스의 다섯 초월체가 아닌, 홀로 오비탈 차원으로 간 여섯 번째 초월체였다.

스케라의 초월체.

그는 아직 인간이었던 선구자 시절, 모든 부정적인 근원을 보이드에게 몰아넣는 것에 찬성하지 않았다.

대신 반대하지도 않았다. 그는 중립을 지키며 멀리서 동료들의 악행을 지켜볼 뿐이었다.

그런 그가 인간의 본질에 남긴 마지막 감정은 '후회'였다. 나는 혀를 차며 혼잣말을 중얼거렸다.

"후회할 거면 처음부터 반대했어야지. 스텔라와 함께……."

그렇다고 결과가 달라지진 않았겠지만.

어쨌든 이 녀석과도 합체할 생각은 없다. 나는 스케라의 칩을 시공간의 주머니 속에 집어넣으며 스스로를 스캐닝했다.

이름: 문주한

레벨: 70

종족: 지구인, 초월자, 정령왕의 화신

기본 능력

근력: 372(602)

체력: 215(628)

내구력: 188(434)

정신력: 57(100)

항마력: 737(899)

특수 능력

오러: 804(804)

마력: 65(406)

신성: 0

저주: 538(538)

스케라: 214(311)

힘이 돌아왔다.

큐브에서 벗어난 순간 모든 힘이 돌아왔다. 나는 대폭 깎여

있는 현재 스텟을 확인하며 혀를 찼다.

'6번 그림자에게 언어맞은 후유증인가?'

하지만 특수 능력은 6번 큐브에 들어오기 전과 비슷했다. 오히려 변환을 위해 전부 소모했던 저주 스탯이 최대치까지 회복되어 있는 것은 긍정적이었다.

나는 즉시 변환 작업을 시작했다.

"저주로 반지 충전. 그다음에는 반지로 마력 충전."

순간적으로 강렬한 충격과 함께 두 번의 변환이 이어졌다.

마력: 258(406)

꽉 차진 않았다.

하지만 당장은 이 정도로 충분하다. 그보다도 스탯창에 보이는 두 가지의 변화가 신선했다.

이름: 문주한

이제까지는 육체의 주인이었던 '레너드'로 표시되었다. 그것이 원래 이름으로 돌아왔다.

'정신력 스탯이 100을 돌파해서 그런가? 어쨌든 간에⋯ 레너드에겐 미안하군.'

또 다른 변화는 퀘스트였다.

퀘스트2: 보이디아 차원의 큐브를 파괴하라(???) — 성공!

새로 생긴 퀘스트에 성공 표시가 떴다.

'물론 실제로 전부 파괴했으니 당연한 결과지만⋯⋯.'

어쨌든 난이도가 최상급을 넘어 물음표로 되어 있는 퀘스트다. 성공 보상이 어느 정도일지 꽤나 궁금했다.

'나는 초월체들의 마지막 희망을 거절했다. 그래도 퀘스트의 보상을 순순히 줄까?'

그런 것도 생각해 볼 문제다.

그리고 그 순간.

"⋯⋯."

강렬한 전율과 함께, 등줄기에 소름이 돋았다.

정신력이 100을 돌파한 이후로 모든 것이 명료하고 확실했다.

하지만 지금 이 순간만큼은 손바닥에 땀이 맺힐 정도의 긴장이 느껴졌다.

무언가 불길한 것이 세상에 있다.

나는 즉시 오러 윙을 전개하며 추락을 멈춘 다음, 아래를 내려다보았다.

6번 큐브의 추락 지점에는 간헐천처럼 검은 기운이 솟구치고 있다.

그리고 이에 호응하듯, 사방에서 새로운 검은 기운이 몰려오고 있다.

그것은 이미 세상에 꽉 찬 저주보다 더욱 검고, 더욱 짙으며, 더욱 불길한 흐름이었다.

나는 수천 미터의 상공에서 멈춰 선 채, 그것이 하나로 뭉치는 것을 지켜보았다.

'지금 공격해야 할까?'

하지만 대체 어디를 어떻게?

그것은 너무나 거대했다. 흐름이 밀집된 지역의 직경만 해도 1km를 넘을 정도다.

그렇다면 먼저 해둘 일이 있다. 나는 의식을 집중하며 보이디아 차원의 어딘가에 떨어져 있을 유체 금속을 수색했다.

'꽤나⋯ 떨어져 있군. 600km 이상인가?'

일단 600km나 떨어진 곳까지 의식이 닿는 것은 놀라웠다. 기존에는 5km만 떨어져도 컨트롤이 끊겼으니까.

하지만 그렇다 해도 물리적인 거리는 무시할 수가 없다. 유체 금속이 음속을 돌파한다 해도, 여기까지 도착하려면 30분이 넘게 걸린다.

어쨌든 즉시 명령을 내렸다. 동시에 시공간의 주머니에 넣어둔 두 덩어리의 유체 금속을 추가로 꺼낸 다음, 손에 쥐고 있던 몽둥이와 함께 검의 형태로 바꿨다.

그사이, 1km에 달하던 검은 흐름은 순식간에 200여 미터까지 압축되었다.

나는 입술을 깨물었다.

"공허 합성체⋯ 인가?"

뭉쳐진 형태는 기본적인 공허 합성체와 흡사했다.

여전히 최상급보다도 두 배는 컸지만, 어쨌든 그 상태로 온

몸에 구멍을 열며 세상을 향해 포효하기 시작했다.

오오오오오오오오오오오오오오오오오오!

그와 동시에, 세 자루의 유체 금속 검의 칼끝이 나를 가리켰다.

"아······."

칼이 주인을 배신한 건 아니다. 단지 내가 순간적으로 내린 명령에 충실했을 뿐이다.

그것은 실로 압도적인 자살 충동이었다.

'대단한데?'

나는 감탄했다.

정신력이고 뭐고 한순간에 물거품으로 돌릴 만큼 절대적인 욕망에 사로잡혔다.

하지만 버틸 수 있었다.

99와 100의 차이는 1퍼센트의 차이가 아니다. 그 사이엔 '부족함'과 '완성'이라는 결정적인 간극이 존재한다.

'시작은 정신 공격인가? 이제 이런 건 안 통해.'

나는 즉시 칼끝을 지상을 향해 돌렸다.

내가 잠시 동안 스스로와 싸우는 사이, 녀석은 100미터까지 자신의 몸을 압축한 채 사방으로 촉수를 뿜어냈다.

촤아아아아아아아아악!

촤아아아아아아악!

촤아아아아아아아아악!

찰나의 순간, 주변에 있는 모든 공간이 날카로운 촉수의 가시에 꿰뚫렸다.

하지만 거리가 워낙 멀어 내 몸엔 닿지 않았다.

결론부터 말하면, 녀석은 그저 텅 빈 공간을 향해 촉수를 뻗은 것뿐이다.

하지만 내 눈에는 보였다. 방금 전의 무의미한 행동으로 인해, 사방에 깔린 저주의 흐름이 급격히 흔들리기 시작했다.

마치 침술에서 말하는 혈(穴)을 찔린 것처럼.

'목표는 처음부터 내가 아니었나? 자신의 주변에 있는 저주의 흐름을 바꿔놨어. 아니, 그게 아닌가? 이것은……'

바뀐 흐름은 단순히 국지적인 현상이 아니다.

행성 보이디아의 전역에 고르게 깔려 있는 검은 기운이, 마치 휘감기는 소용돌이처럼 한곳으로 모여들기 시작했다.

지금도 대단한데, 더 대단한 무언가가 되려 하고 있다.

'이쯤 되니 궁금해지는군. 계속해서 자신을 압축하고 있다. 블랙홀이라도 될 생각인가?'

그 순간에도 엄청난 기세로 검은 기운들이 집결했다.

개중에는 다른 것들보다 더욱 불길한 기운도 함께 섞여 있었는데, 아무래도 파괴된 다른 큐브에서 흘러나온 엑기스인 듯했다.

그때, 갑자기 주변이 환해졌다.

어느새 다섯 개의 금속 칩이 포위하듯 나를 둘러싸고 있었다. 나는 세 자루의 유체 금속 검을 몸 주위에 회전시키며 녀석들을 경계했다.

겉으로 보기엔 모두 같은 형태다.

하지만 지금은 각자의 차이를 구분할 수 있었다. 아르마스, 젠투, 파비라, 크로아크.

그리고 레비.

"분명히 말했을 텐데?"

나는 정면에 떠 있는 레비의 칩을 보며 말했다.

"네놈들과 합체할 생각 없어. 저 괴물은 내가 알아서 처치할 테니까 구경이나 해라."

—아직 늦지 않았다.

레비의 칩은 기계적인 말투로 말했다.

—네 안에는 우리들의 '초월'이 담겨 있다. 하지만 그 자체로는 아무 의미도 없다. 우리가 간직한 모든 본질, 네가 품고 있는 모든 초월. 그리고 그 누구보다 강력한 인간. 이 셋이 하나가 됨으로써 진정한 정화가 시작된다.

"귓구멍이 막혔나?"

나는 코웃음을 치며 고개를 저었다.

"당장 꺼져. 지금 전투를 치르기 전이라 살려두는 거다. 쓸데없이 힘 빼기 싫어서."

—너는 극한의 부정체를 이길 수 없다.

"내가 못 이기면 누구도 못 이겨. 그러니까 잔소리 말고 멀리 떨어져서 응원이나 해라. 그게 아니면……."

나는 오른손에 오러를 집결시켰다.

우웅!

그러자 다섯 개의 칩은 엄청난 속도로 사방으로 흩어졌다.

나는 쓴웃음을 지으며 고개를 저었다.

"머저리들. 극한의 부정체가 승리한 세상이나, 반대로 너희들이 승리한 세상이나 나한텐 똑같이 지옥이라고."

그리고 지상을 내려다보았다.

그사이, 압축되던 거대한 덩어리가 사라져 버렸다.

하지만 보이디아 전역에서 몰려드는 어둠의 기운은 여전했다.

그것은 극한의 부정체의 본질이자, 연료였다.

대체 얼마나 빨아들인 걸까?

세상은 여전히 저주의 힘으로 꽉 차 있었다. 하지만 굳이 감정의 각인을 쓰지 않아도, 전에 비해 약간이나마 희석되어 있다는 것이 느껴졌다.

약 1퍼센트 정도?

하지만 그것만으로도 압도적이다. 나는 손으로 팔뚝을 쓰다듬으며 천천히 지상으로 내려가기 시작했다.

그곳에는 눈에 익은 한 남자가 우두커니 서 있었다.

"그림자……."

그것은 6번 그림자와 정확히 똑같은 모습을 한 남자였다.

"이게 원래 내 모습이다."

남자는 자신의 양 손바닥을 내려다보며 말했다.

"그리고 여섯 번째 파편은 내가 가진 본질을 가장 깊게 받아들였지. 그래서 그런 모습으로 네 앞에 나타난 거다."

"그렇다면… 보이드인가?"

남자는 무표정한 얼굴로 고개를 끄덕였다.

"그래, 난 보이드다."

텅 빈 얼굴로 무심한 듯 말하는 느낌은 과거의 스텔라와 닮아 있었다. 나는 녀석의 몸에 압축된 끝없는 어둠의 힘에 전율을 느끼며 말했다.

"그리고 극한의 부정체인 건가?"

"그래, 난 부정체다. 차원에 존재하는 모든 부정의 본질을 한 몸에 받아들였지."

"본의는 아니었지?"

"본의는 아니었다."

보이드는 한숨을 쉬듯 입을 벌리며 고개를 저었다.

"하지만 이제는 이게 나다. 그리고 너는 이미 나와 만났지. 여섯 번이나. 그것이 전부 나다."

"그래도 합쳐놓으니 달라 보이는데?"

"무엇이 달라 보이나?"

"절제하고 있는 것 같다."

"절제라……."

보이드는 하늘을 올려다보며 말을 돌렸다.

"조금 전에 빛이 번쩍이던데, 동료들과 볼일은 다 끝났나?"

"그것들을 아직도 동료라고 부르나?"

"내게 동료는 그들뿐이었으니까. 너는 이제 모든 걸 알고 있 겠지. 어쩌다 일이 이 지경이 되었는지."

"그래. 모든 원흉은 전부 그 다섯 놈이지. 너는 피해자일 뿐이고."

"그렇다 해도."

보이드는 허공에 손을 들며 말했다.

"동정하지 마라. 부모의 원수를 대하듯 날 상대해라. 세상을, 모든 우주를 파멸로 이끄는 절대적인 악을 상대하듯 전력을 다해라."

"처음부터 그럴 생각이었다."

"지금 이 순간에도, 보이디아에 퍼진 저주의 힘이 내 몸으로 모여들고 있다."

보이드는 남은 손으로 자신의 얼굴을 쥐며 말했다.

"아무리 내가 억제하고 있어도 막을 수 없다. 그것이 모이면 모일수록 '보이드'는 사라지고 '부정체'가 강해진다. 그러니 그 전에 끝내라."

"그렇게까지 말할 정도면… 스스로 자신을 파괴할 수 없나?"

"내가?"

그 순간, 무표정하던 보이드의 얼굴에 서늘한 미소가 번졌다.

"내가 나 자신을? 왜?"

"왜냐고? 방금 너 스스로……."

"나는 널 죽이고, 해방된 옛 동료들도 모두 파괴할 거다. 지하에 살아 있는 인간들도 전부 죽일 거고, 네가 살던 차원과 네가 살았던 차원까지, 모든 차원에 존재하는 모든 인간을 죽여 버릴 거다."

그것이 바로, 보이드가 품은 또 다른 본질이었다.

모순.

그는 자기 자신의 인격을 지키기 위해 모여드는 저주의 힘을 억지로 참아내고 있다.

만약 스스로를 지키지 못한다면, 차라리 그 전에 내 손에 죽는 편이 좋다고 생각하며.

동시에 살아 있는 모든 인간을 죽이려 하고, 자신을 이렇게 만든 동료들에게 복수를 하려 한다.

그것은 양립할 수 없는 목표였다. 결국 내가 죽는 순간, 보이드 역시 스스로를 지켜내지 못할 테니까.

나는 한숨을 내쉬며 마지막으로 말했다.

"그러고 보니 싸우기 전에 미리 말할 게 있군."

"뭐지?"

"스텔라의 전언이다."

"스텔라?"

"미안하다고 전해달라고 했다. 정말 미안하다고."

"……."

순간, 보이드의 표정에서 미소가 사라졌다.

"…1퍼센트다."

"뭐?"

"지금의 난 1퍼센트다. 2퍼센트가 되기 전에 끝내라. 3퍼센트는 이미 늦고… 그 이상이 되면 모든 게 사라진다."

그와 동시에, 치켜든 보이드의 손아귀에 검은 기운이 모여들기 시작했다.

　"나는 보이드로 싸우겠다. 그래도 조심해라. 나는 허영심에 가득한 인간이었으니까."

　"그게 어째서?"

　"나는 모든 것을 극한으로 단련시켰다. 내 허영심을 만족시키기 위해서… 네가 검으로 싸운다면, 당연히 나도 검으로 싸워서 제압한다."

　"그거 잘됐군."

　나는 세 자루의 유체 금속 검을 사방으로 뿌리며 말했다.

　"나는 허영심이 전혀 없거든. 승리를 위해서는 무슨 짓이라도 할 테니까, 마음껏 기대해라."

　그러자 보이드의 얼굴에 다시 미소가 번졌다.

　그리고 시작됐다.

　이 세상에 퍼져 있는 모든 것의 1퍼센트와의 싸움이…….

· 123장 ·
모순의 끝

물음표.

보이는 거라곤 온통 물음표뿐이다.

하지만 이젠 알고 있다. 적이 스캐닝으로 측정할 수 없을 정도로 강하기 때문에 물음표로 표시되는 게 아니라는 것을.

단지 모르기 때문이다.

스캐닝은 초월체의 힘이다.

그리고 눈앞의 존재는 초월체들이 관여하지 못한 모든 부정의 힘이 집결된 극한의 존재다.

그래서 모르는 것이다.

하지만 나는 알고 있다.

빽빽하게 압축된 부정의 흐름이 가져다줄 힘과 속도, 그리고 내구력을.

어지간한 건 아예 통하지 않을 것이다.

그나마 다행은 인간의 형태로 정면 승부를 고집한다는 것.

하지만 녀석의 정면 승부는 내가 생각하는 것과는 전혀 다른 개념을 가지고 있었다.

순간, 적의 몸에서 적들이 튀어나왔다.

그렇게밖에 표현할 수 없었다. 보이드의 몸에서 새까만 그림자들이 튀어나와 사방으로 흩어졌다.

그림자의 목표는 미리 먼 곳에 뿌려놓은 세 자루의 유체 금속 검이었다. 분신을 방출한 녀석은 손에 쥔 칼을 앞으로 내밀며 천천히 한 발씩 다가왔다.

"쓸데없는 걸 동원하지 마라. 나는 너를 칼로 꺾을 테니까."

"저것도 칼은 칼이다만……."

동시에 먼 곳에서부터 유체 금속과 그림자와의 전투가 시작됐다. 나는 머릿속으로 각각의 검을 컨트롤하며 눈앞의 적을 주시했다.

'그림자를 만든 덕분에 힘이 약해졌다. 이대로 유체 금속을 도망시키며 시간을 끈다면…….'

"너는 생각이 너무 많아."

보이드는 기묘한 자세를 잡으며 그럴듯한 말을 시작했다.

"하지만 무기는 생각하지 않는다. 단지 적을 파괴할 뿐이지."

그리고 공격이 날아왔다.

그것은 피할 수도 없고, 흘릴 수도 없는 공격이었다.

파지지지지지지지지지지직!

막는 순간, 칼날에 전개한 오러 소드가 격렬한 반응을 일으켰다.

콰과과과과과과과과과광!

동시에 발생한 충격파가 귀를 찢는 소음과 함께 사방으로 퍼졌다.

주변에 깔려 있던 큐브의 잔해들이 충격파에 휘말리며 폭풍처럼 쓸려 날아가고, 우리가 서 있는 곳을 중심으로 평균 지면이 10㎝ 정도 낮아졌다.

그저 검을 휘두르고 그것을 받아냈을 뿐인데, 주변의 일대가 폐허로 바뀐다.

'물론 처음부터 폐허였지만… 무지막지하군.'

나는 다시 한번 날아오는 적의 일격을 받아내며 감각을 조율했다.

우리가 만들어내는 힘의 폭풍이 너무 강력한 나머지, 한 번한 번의 움직임마다 국지적인 재난이 발생한다.

그 모든 반작용을 하나하나 귀에 담고 느낄 수는 없다. 정보량이 너무 압도적이라 제아무리 나라도 전부 처리할 수가 없다.

그래서 나는 모든 감각을 눈앞의 적에게 집중하며 일체 잡소리를 귀에서 거뒀다.

'이러니까 살 만하군.'

그러자 적의 움직임이 겨우 보였다.

하지만 눈으로 보고도 대처할 수 없는 움직임이다. 단지 빠른 것을 넘어서, 인간의 몸으로는 구현이 불가능한 동작이 섞여 있었다.

일단 칼부터 다르다.

녀석의 몸이 검은 기운으로 만들어졌으면서도 인간처럼 보이듯, 녀석이 만들어낸 칼도 정상적인 금속으로 만들어진 칼처럼 보였다.

하지만 저것은 금속이 아니다.

당연히 본체와 같은 압축된 검은 기운으로 만들어졌다. 순간의 상황에 따라 칼의 폭이나 길이를 자유롭게 조절하며 회피를 불가능하게 만들었다.

그리고 손.

칼을 쥐고 있는 손도 다르다. 평범하게 칼을 쥐고 있는 것처럼 보이지만, 실제로 휘두르는 순간에는 손가락 사이에 칼자루를 끼워 넣으며 최대한으로 멀리 뻗어낸다.

그리고 내 검과 충돌한 순간, 마치 언제 그랬냐는 듯 연결 부위가 변하며 평범하게 쥐고 있는 것처럼 속임수를 감췄다.

단지 눈으로 보는 것만으로는 부족하다.

적의 속도와 힘, 움직임과 패턴을 모조리 받아들이고 해석해야 한다. 그걸로 다음 결과를 미리 예측해야 승산이 있다.

그것을 위해서는 정보가 필요했다. 덕분에 네 번의 공격까지는 어쩔 수 없이 받아내야 했다.

대량의 오러를 소모하며.

다섯 번째부터 아슬아슬하게 피할 수 있었다. 그리고 10여 차례의 공방이 오간 순간, 나는 녀석의 왼쪽 어깻죽지에 반격을 날릴 수준까지 예측을 끌어 올렸다.

착!

깊진 않았다.

그래도 반응이 있었다.

파지지지지지지지직!

동시에 검은 전류가 적의 몸에 작열하며 번진다.

하지만 녀석은 아무렇지도 않은 듯 검을 휘둘렀다. 벤 순간의 반응을 파악한 나는 가까스로 뒤로 물러나며 호흡을 가다듬었다.

녀석은 그 자리에 멈춘 채 흥미로운 표정을 지었다.

"파악했나 보군."

나는 코웃음으로 답했다.

"그래. 네 녀석이 사기꾼이라는 걸 파악했다. 무념의 경지 운운하더니만 수법이 교묘하군."

나는 녀석처럼 손가락 두 개로 칼을 쥐는 흉내를 냈다. 녀석은 아예 손가락 하나로 칼을 들며 웃어 보였다.

"쥐는 게 아니야. 그냥 연결되어 있는 거다."

"알아. 하마터면 시작부터 멋모르고 피할 뻔했다."

"그랬으면 쉽게 끝났을 텐데. 하지만 시간을 끄는 건 의미가 없어. 난 지금 이 순간에도 점점 더 달라지고 있다."

"강해지고 있나?"

"내가 사라지고 있지. 빨리 그 전에 끝내줬으면 좋겠군."

녀석은 아쉬운 듯 말했다.

하지만 녀석이 말한 '끝'이란 공허한 모순이었다. 자신의 소멸을 바람과 동시에, 세상에 있는 모든 인간의 죽음 또한 바라고 있으니까.

'녀석은 자살할 생각도 없고, 일부러 힘을 뺄 생각도 없다. 지금 이렇게 대화를 하는 것 역시… 어쩌면 시간을 끌어서 좀 더 강해진 상태로 승부를 보려는 술책일 수도 있다.'

하지만 내게도 시간이 필요했다.

눈에 보이는 흐름만으로는 모든 것을 파악할 수 없다, 직접 검을 부딪치고 싸우면서 적의 내부에 있는 약점을 파악해야한다.

'방금 일격으로 약점은 거의 파악했다. 하지만 좀 더 시간이 필요해……'

"방금 노림수는 괜찮았다. '그걸' 파악했다면 가능성이 있어. 쉽진 않겠지만… 그래도 지금은 거의 호각 같군. 하지만 이제 조금만 더 있으면 나는 2퍼센트가 된다. 그래도 괜찮을까?"

"호각이 아니다."

"뭐?"

"네가 더 강하다. 힘과 속도 모두 완패야. 내가 널 상대할 수 있는 건 예측하고 있기 때문이다."

"예측?"

"그래. 그리고 거의 다 읽었다. 앞으로 몇 분 후에 내가 이긴다."

"오, 미리 승리 선언인가? 대단하군."

녀석은 가소롭다는 듯 웃었다. 나는 실시간으로 변화하는 적의 흐름과 내부의 변화를 감지하며 심호흡을 했다.

이제, 정말 얼마 남지 않았다. 나는 마지막으로 시간을 끌 겸 질문했다.

"그런데 내가 이기면 어떻게 되나?"

"뭐?"

"아직 모이지 않은 99퍼센트가 어떻게 되는지 알고 싶다. 그냥 소멸하고 끝인가? 보이드도? 극한의 부정체도?"

"그건 그러니까……."

녀석은 말하다 말고 갑자기 고개를 휘청거렸다.

그리고 눈알이 뒤집혔다.

뒤집힌 눈은 먹물을 부은 것처럼 새까맸다. 녀석은 비어 있는 왼손에도 또 한 자루의 검을 만들어내며 고개를 저었다.

"안타깝지만… 99퍼센트가 아니다."

"뭐?"

"이제 98퍼센트다."

그와 동시에, 눈에 보이는 모든 곳에서 적의 공격이 쏟아졌다.

*　　　　*　　　　*

1퍼센트가 2퍼센트로 올랐다 해서, 힘이 두 배로 강해진 건 아니다.

기껏해야 1.5배 정도일까?

하지만 나는 극도의 수세에 몰렸다.

그것만으로도 심각했다. 더 이상 피하고 막는 문제가 아니라, 그저 한순간 한순간을 생존하는 것이 버거울 지경이다.

거기에 적이 쥐고 있는 양손의 칼은, 마치 서로 다른 인간이 조종하는 것처럼 난해하고 자유로운 각도에서 무차별적인 공세를 퍼부었다.

몸의 형태도 조금씩 인간의 그것을 잃기 시작했다. 팔다리가 기이한 형태로 늘어났다가 다시 줄어들었고, 몸의 곳곳에 미세한 촉수가 생성과 소멸을 반복하기 시작했다.

덕분에, 나는 눈앞의 모든 곳에서 적의 공격이 쏟아지는 듯한 착각을 느꼈다. 1퍼센트였던 순간보다 더 빠른 속도로 어둠의 기운을 흡수하면서.

그리고, 그 모든 것이 단서였다.

녀석이 빨아들이는 어둠의 기운은 내부에 있는 특정한 중심점을 기준으로 휘감기고 있다.

공허 합성체로 치면 핵심부와 같은 기관이다. 파괴되는 순간 치명적인 피해를 입일 수 있을 것이다.

문제는 그 중심점이 계속해서 움직이고 있다는 것이다.

머리에서 목으로, 목에서 가슴으로, 가슴에서 다리로……

나는 필사적으로 적의 공격을 막으며, 동시에 중심점의 움직임을 끊임없이 파악하고 예측했다.

"뭐 하는 거지? 이대로 막다 죽을 생각이냐!"

보이드는 절규하듯 소리쳤다.

하지만 적의 목소리는 거의 들리지 않았다.

1초에도 여러 번씩 발동하는 충격파의 찢어지는 소음과 세상을 뒤덮은 흙먼지와 검은 기운이 그 밖의 모든 소리를 차단했다.

적은 끊임없이 혼잣말을 떠들어댔다.

"죽는 건 상관없어! 하지만 그 전에 날 소멸시켜 달란 말이다!"

"점점 사라지고 있어! 내가! 내가 사라지고 있다고!"

"이럴 바엔 동료들과 합체하지 그랬나! 그러면 가능성이 생겼을 텐데!"

"왜 버티는 거지? 그냥 죽어! 그래야 내가 나를 잃지 않고 남은 복수를 계속할 수 있다!"

"이제 그만……."

그 순간이었다.

양쪽에서 떨어지는 두 칼날 사이로 뛰어든 나는, 단 한순간의 틈을 노려 적의 명치 한복판에 칼끝을 쑤셔 박았다.

푸악!

그곳에 중심점이 있었다. 내 검은 정확히 그것을 관통했다.

동시에 보이드의 몸이 경직되었다.

'성공인가?'

녀석은 믿을 수 없다는 눈으로 날 내려다보며 말했다.

"너… 너……."

"……."

"지금… 지금……."

"……."

"지금, 고작 그걸 노리고 있던 거냐?"

보이드는 새까만 눈으로 날 노려보았다.

동시에 내 몸이 경직되었다.

'이건?'

찔러 넣은 칼은 꼼짝도 하지 않는다,

반대로 적의 몸으로부터 검은 기운이 흘러넘치며 내 몸을 휘감기 시작했다.

"겨우 그거 하나를 노린 거냐? 틀렸어! 이제 다 끝이야! 이제 넌 죽는다! 그리고 난 나를 잃는다! 네놈의 그 하찮은 힘 때문에!"

보이드는 진심으로 분노했다.

그리고 움직일 수 없게 된 나를 향해 멈췄던 양팔을 다시 휘둘렀다.

하지만 내가 약간 더 빨랐다.

푸확!

첫 번째로 날아온 유체 금속 검이 적의 관자놀이를 관통했다.

푸확!

거의 같은 타이밍에 두 번째로 날아온 유체 금속 검이 적의 왼쪽 옆구리를 파고들었다.

푸확!

비슷한 타이밍에 세 번째로 날아온 유체 금속 검이 적의 오른쪽 무릎을 관통하며 박혔다.

"네가 날 묶은 게 아냐."

나는 손에 쥔 칼날에 오러를 퍼부으며 말했다.

"내가 널 묶은 거다, 몸속으로부터. 이 짜증 나는 덩어리들이 움직이지 않도록."

"컥……."

보이드는 더 이상 입을 열지 못했다.

그 순간 명치에 위치했던 중심점 겨우 그거 하나를 노린 게 아니다.

나는 처음부터 알고 있었다. 녀석의 중심점이 모두 여섯 개이며, 그 모두가 빠른 속도로 몸속을 돌아다니고 있다는 것을.

심지어 하나씩 제거하는 것도 안 된다.

처음 녀석의 어깨를 베었을 때 확인했다. 당시에 적의 중심점 중 하나가 그곳을 지나고 있었다.

하지만 반으로 갈라진 중심점은, 곧바로 다른 다섯 개의 중심점에 힘을 넘겨받으며 다시 부활했다.

그것은 지금 이 순간에도 마찬가지였다.

아직 몸속에 남아 있는 두 개의 중심점이, 이미 관통당해 죽어가는 다른 중심점을 엄청난 속도로 회복시키고 있었다.

하지만 거기까지였다.

푸확!

푸화악!

먼 곳으로부터 날아온 네 자루의 유체 금속 검이, 각각 적의 오른쪽 팔꿈치와 왼쪽 허벅지를 연속으로 관통했다.

'겨우 시간에 맞췄군.'

나는 속으로 한숨을 내쉬었다.

남아 있는 모든 오러를 '오러 윙'으로 만들어 속도를 높이는 데 주력했다. 어차피 마지막 한순간에 한 번의 오러 소드를 발동시킬 힘만 남아 있으면 충분하니까.

그때, 적의 몸이 울리기 시작했다.

우우우우웅…….

동시에 내 몸을 휘감고 있던 검은 기운이 사라졌다. 나는 검을 쥔 손을 놓았고, 보이드는 온몸에 칼이 박힌 채로 천천히 뒷걸음을 치기 시작했다.

"아… 그래. 이런 거였군."

보이드는 가까스로 입을 열며 헛웃음을 지었다.

"처음부터 모두 알고 있었군. 내가 여섯 조각이었다는 걸."

"그래. 큐브도 여섯 개였고, 그림자도 여섯 마리였으니까."

"전부 예측하고 이 한순간을 노린건가……."

보이드는 피식 웃으며 새까만 눈을 천천히 감았다.

"내가 널 과소평가했다. 축하한다, 문주한. 네가 이겼어."

동시에 보이드의 몸을 압축하던 동력이 완전히 소실됐다. 녀석은 천천히 몸을 확장시키며 불만스러운 목소리로 말했다.

"이걸 바랐지만… 바라지 않았다. 그래도 괜찮은 걸까? 적어도 나는 아직 나니까……."

"그래, 너는 아직 너다."

"그럴지도. 그런데 과연 앞으로도 그럴까?"

보이드는 풍선처럼 부푼 손가락으로 하늘을 가리켰다.

"아까 물어봤지? 내가 소멸하고 나면 어떻게 되냐고? 잘 봐둬라. 이제 난 사라지니까. 그다음에 찾아오는 것은……."

나는 보이드가 가리킨 곳을 올려다보았다.

그곳엔 다섯 개의 빛이 떠 있었다.

"초월체……."

그것들은 처음부터, 온 세상을 뒤덮은 검뿌연 흙먼지를 뚫고 보이드와 나를 비추고 있었다.

보이드는 마지막으로 웃으며 말했다.

"공허다."

• 124장 •
그것이 세상의 종말

지하 세계는 그 순간에도 격렬하게 요동치고 있었다.

"지진이 더 강해지고 있어! 대체 뭐가 어떻게 되는 거야!"

슌이 소리쳤다. 전승자는 천장에서 떨어지는 흙먼지를 고스란히 맞으며 대답했다.

"이건 지진이 아닙니다."

"그럼 뭔데!"

"입구를 찾아낸 상급들이 억지로 통로를 넓히며 뚫고 오는 진동입니다."

"그게 그거잖아!"

슌은 버럭 소리쳤다. 그러고는 재빨리 혈청을 입안에 던져 넣고 으적거리기 시작했다.

"후… 어째 오염되는 속도가 빨라진 것 같은데, 기분 탓인가?"

"기분 탓이 아닙니다. 실제로 저주의 농도가 점점 높아지고 있습니다."

"공허 합성체가 점점 가까이 오고 있어서 그런가?"

"그것도 원인 중 하나겠습니다만……."

전승자는 허공을 바라보며 입술을 깨물었다.

"그보다는 지하 세계가 6번 큐브의 추락 지점과 가까워서 그렇습니다."

"뭐? 그게 왜?"

"추락 지점을 중심으로 보이디아 전역에 고르게 깔린 저주가 집결되고 있습니다. 이미 중심점은 행성의 반대편에 비해 세 배 이상 농도가 올라갔습니다."

"이런 망할……."

슌은 이를 갈며 정면을 노려보았다.

두 사람의 앞에는 높이가 10미터쯤 되는 거대한 금속 문이 자리 잡고 있었다.

이것이 바로 지하 세계와 외부를 물리적으로 연결하는 유일한 문이었다. 전승자는 맵온으로 끊임없이 다른 곳의 상황을 살피며 말했다.

"지금 두 마리의 상급이 문 건너편으로 1.5㎞까지 접근했습니다. 이런 속도라면… 앞으로 약 8분 후에는 문 건너편에 도착합니다."

"두 마리가 동시에?"

"네."

"미치겠군. 한 마리도 버거운데."

슌은 한숨을 내쉬며 손등으로 문을 두드렸다.

"그래도 문은 엄청 두꺼운 것 같군. 이게 얼마나 버텨줄 수 있지?"

"문 전체가 특수 합금이라 꽤 오래 버틸 수 있습니다. 하지만 큰 의미는 없을 겁니다."

"왜?"

"이 문만 특수 합금이니까요. 주변의 암반이 버티지 못합니다."

말하자면 금고의 입구만 강철로 만들어졌고, 정작 주변의 벽은 그냥 벽돌인 셈이다.

슌은 허탈하게 웃으며 고개를 저었다.

"어이가 없군. 도둑이 문만 뚫고 올 거라고 생각했나?"

"그렇다고 지하 세계 전체를 특수 합금으로 도배할 수는 없으니까요. 그래도 이제 와서 생각해 보면… 저도 참 멍청했던 것 같습니다."

전승자는 자책하듯 웃었다. 그러자 슌이 고개를 휙 돌리며 되물었다.

"너도?"

"네? 아, 제가 아니라 초대 전승자 말입니다. 결국 거의 같은 존재긴 합니다만……."

"아니, 그렇지 않아."

슌은 즉각 고개를 저었다.

"너는 너다. 전승자가 아니라 김 소위다. 여기서 뒤는 없어. 너는 너로서 끝난다. 다음 전승자는 없을 거야."

"물론 저도… 그렇게 되길 바랍니다."

전승자는 희미하게 웃으며 고개를 끄덕였다. 슌은 전승자의 어깨를 손으로 잡으며 말했다.

"넌 지금까지 잘해왔어. 자부심을 가져라. 그리고 앞으로도 잘할 거야. 그러니 이제 거점으로 돌아가."

"벌써 말입니까?"

"그래. 시간은 내가 끈다. 나는 없어도 아무 상관없어. 하지만 지하 세계의 아이들에겐 네가 필요해. 지상의 일은 주한이 알아서 해줄 테지. 너는 아이들과 함께 미래를 만들어라."

"…알겠습니다."

김 소위는 허리를 숙이며 슌에게 인사를 건넸다. 그러고는 몸을 돌려 뒤쪽으로 달리며 소리쳤다.

"죽지 마십시오! 초월자는 살아 계십니다!"

*　　　　　*　　　　　*

살아도 산 것 같은 기분이 아니었다.

나는 지면을 박차며 하늘로 뛰어올랐다. 뭔가 생각을 하고 뛴 것은 아니다. 지금 이 순간만큼은 단순한 직감이 모든 것을 지배하고 있었다.

'저건 위험하다.'

하늘에 떠 있는 다섯 초월체의 칩.

정확히는 선구자가 인간이었던 시절의 두뇌 칩이고, 새삼 지금 처음 보는 것도 아니었다.

처음 봤을 때는 그저, 내 육체를 탐내던 만악의 근원일 뿐이었다.

하지만 지금은 무언가 달라졌다. 내가 보이드를 해치운 순간, 더 이상 내 육체를 탐낼 대의가 사라졌기 때문일까?

확실한건, 수십만 년의 세월 동안 공을 들인 장대한 계획이 물거품으로 돌아갔다는 사실이다.

그래서 남은 것은, 그냥 만악의 근원뿐이었다.

'당장 파괴해야 해!'

손에 쥔 칼이 한 자루뿐이라는 게 아쉽다. 일곱 자루의 유체 금속 검은 지금 이 순간에도 폭발할 듯 부풀어 오르는 보이드의 몸에 박혀 있었다.

'유체 금속이 빠지질 않아… 충전된 오러를 다 써버려서 손을 대지 않고는 뽑아낼 수가 없다.'

그렇다고 손을 놓고 있을 수는 없다. 내가 초월체의 칩에 접근하는 속도보다, 보이드의 몸이 부풀어 오르는 속도가 더 빨랐다.

나는 본능적으로 다섯 개의 고스트 소드를 만들었다.

'이게 통할까?'

생각할 시간도, 계산할 시간도 없다. 나는 급조한 다섯 자루의 검은 칼을 그대로 공중으로 날려 보냈다.

하지만 그것도 느렸다.

보이드의 팽창 속도는 덧셈이 아니라 곱셈으로, 그것도 제곱의 속도로 늘어나고 있다.

그래서 나도 세상을 바꿨다.

'쿨로다의 세계!'

동시에 상승하던 내 몸의 속도가 몇 배로 증폭됐다. 덕분에 먼저 쏘아 올린 고스트 소드를 돌파해, 누구보다 빠르게 초월체의 칩에 접근할 수 있었다.

'일단 하나라도!'

다섯 개의 칩 중에, 가장 먼저 눈에 띈 레비의 칩을 향해 검을 휘둘렀다.

하지만 헛수고였다.

부우우우우우웅!

내 검은 하릴없이 허공을 갈랐다.

'뭐지?'

칩이 어찌나 빠르게 움직였는지, 나는 움직임 자체를 인식하지 못했다.

'아니, 움직인 게 아니다. 이건 텔레포트야.'

뒤늦게 흐름을 감지하며 고개를 돌렸다. 눈앞에서 사라진 레비의 칩은, 다른 네 개의 칩과 함께 전혀 다른 공간에 모습을 드러냈다.

그곳은 보이드의 팽창이 정점에 달한 공간이었다.

같은 순간, 팽창하는 보이드가 다섯 개의 칩을 모두 삼켜 버렸다.

"……."

나는 소리도 지르지 못한 채 손을 뻗었다.

그제야 본능에게 추월당했던 이성이 본래의 자리로 돌아왔다.

왜 저런 선택을 했을까?

내 정신력이 한계를 초월했다 해도, 지금 저 다섯 개의 칩이 내린 새로운 결정을 온전히 이해할 수는 없었다.

처음에는 모든 것이 단순했을 것이다.

그저 적합한 인간을 찾아내, 그에게 시련과 퀘스트를 줌으로써 강력한 인재로 키워 나간다.

그 인간이 결국 보이디아로 넘어오고, 자신들의 본체라고도 할 수 있는 두뇌 칩이 봉인된 큐브를 파괴한다.

하지만 큐브가 파괴된다는 것은 결국 함께 봉인된 극한의 부정체 역시 해방된다는 것을 의미한다.

당연히 역부족을 느낀 인간은 다섯 개의 두뇌 칩과 합체한다. 그것으로 인간을 초월하고, 초월체마저 초월한 진정한 궁극의 존재가 탄생한다.

그런 이야기였을 것이다.

하지만 일개 배우에 불과했을 인간이 그 당연한 결말을 거부해 버렸다.

심지어 해방된 적마저 본래의 자기 자신을 지키기 위해 억지로 힘을 억제했다.

그래서 인간은, 궁극의 존재가 되지 않고도 결국 최후의 적을 격파했다.

그래서 텅 비어버린 다섯 개의 칩은 완전히 새로운 이야기를 계획하고 실행에 옮긴 것이다.

다섯 개의 칩은, 보이드와의 합체를 선택했다.

자신들이 만들어낸 최악의 존재와 하나가 되는 길을…….

'말도 안 돼!'

나는 허탈한 표정으로 그 광경을 지켜보았다.

구심점을 잃고 팽창과 붕괴를 시작한 부정체의 몸속에서, 다섯 개의 칩이 새롭게 중심이 되어 새롭게 힘을 통합하는 과정을.

바로 그 순간, 폭발이 일어났다.

콰과과과과과과과과과과과과과과과과광!

그것은 행성은 물론이고, 차원 전체를 뒤흔드는 초월적인 폭발이었다.

*　　　　*　　　　*

잃기 전에는 그것이 얼마나 소중한지 모른다.

그들이 그것을 깨달은 것은 자신들이 얼마나 큰 실수를 했는지 겨우 파악한 순간이었다.

그들은 모두 인간을 초월한 불멸의 존재가 되고 싶었다.

기왕이면 어둡고 부정적이며 사악한 존재가 아닌, 밝고 긍정적이며 아름다운 존재가 되고 싶었다.

첫 실수는 그것을 위해 모든 부정적인 본질을 한 명의 인간에게 몰아넣었다는 것이다. 그에 따른 부작용의 여파를 계산하지 못했다.

그리고 두 번째 실수는 그 인간이 실제로는 자신들보다 훨씬 뛰어나고 강력한 존재였다는 것을 파악하지 못했던 것.

그 인간은 결코 혼자 뒤집어쓰지 않았다.

부정적이지만 극한의 힘을 얻은 그는, 세뇌에서 풀려 자신이 배신당했다는 것을 깨달은 순간 즉시 역습을 시작했다.

그 탓에 그들의 인간으로서 쌓아온 모든 본질과 힘의 근원인 두뇌 칩이 함께 봉인당했다.

문제는 그들이 그 시점에서 깨달아 버렸다는 것이다.

인간을 초월한다는 것은, 결국 인간의 기준에서 그렇다는 것을.

인간의 몸이 있고, 인간의 정신이 있고, 인간의 의지가 있어야 그것을 초월하는 것도 의미가 생긴다.

기준점이 사라진 순간, 그들은 그저 신과 같은 존재로 전락하고 말았다.

신.

그저 이름만 번듯할 뿐이다.

정작 초월적인 힘을 가지고 있으면서 스스로는 아무것도 하지 못한다.

그저 인간의 사이에서 그들에게 힘을 나누어주고, 추앙받거나 두려움을 주는 존재로 전락한다.

결국 자연이 될 뿐이다.

그래서 그들은 다시 인간이 되고 싶었다.

인간이면서 동시에 인간을 초월한 진정한 초월체. 그것만이 의미가 있었다.

하지만 인간이 되기 위해서는 인간의 본질이 필요했고, 그 본질인 두뇌 칩은 극한의 부정체와 함께 큐브에 봉인됐다.

그래서 그들은 수십만 년을 이어져 온 장대한 계획을 세웠다.

계획은 16만 년 만에 결실을 맺었다.

물론 그 사이에 반복된 수많은 회귀의 역사를 따지면, 실제로는 그 몇 배의 시간이 걸렸다고 해도 과언이 아니다.

그런데 마지막의 마지막에서 모든 게 틀어졌다.

그들은 미래를 예측했지만, 그들이 만들어낸 궁극의 인간이 산통을 깨버렸다.

그들이 맞이할 너무도 당연한 장밋빛의 미래는 결국 찾아오지 않았다.

그래서 절망했다.

그리고 세상에 꽉 찬 저주가 그들의 절망을 파고들었다.

만약 그들이 인간의 몸과 초월체의 힘을 겸비한 궁극의 존재가 되지 못한다면?

그런 비참한 세상은 그냥 존재하지 않는 편이 바람직하다.

그래서 그들은, 결국 세상을 파괴하는 공허와 하나가 되는 길을 선택했다.

*   *   *

대체 얼마나 튕겨 날아간 걸까?

정신을 차리고 맵온을 열자 32km라는 답이 나왔다.

"대체 뭔 놈의 폭발이……."

나는 혀를 차며 고개를 저었다.

'그것'들이 합체한 순간 발생한 폭발은, 단순한 폭발로는 가늠할 수 없는 끔찍한 징조의 시작에 불과했다.

찰나의 순간이었지만 할 수 있는 모든 것을 동원했다. 노바로스의 방벽과 오러 실드를 전개하고, 쿨로다의 세계를 활용해 어떻게든 폭발의 중심점으로부터 최대한 벗어나려고 했다.

그래서 겨우 목숨을 건졌다.

덕분에 남은 거라고는 텅 빈 껍데기뿐이었다. 보이드와의 전투, 다섯 두뇌 칩을 향한 폭주, 그리고 마지막 폭발로 인해 가지고 있는 거의 모든 힘을 소진해 버렸다.

'그래도… 6번 큐브에 처음 들어갔을 때보다는 절망적이지 않군.'

그렇게 위안하며 몸을 일으켰다. 세상은 여전히 검은 기운으로 뒤덮여 있지만, 평범한 인간은 서 있지 못할 정도의 강렬한 폭풍이 몰아치고 있었다.

폭풍의 중심점은 물론 '그것'이었다.

그것을 대체 뭐라고 불러야 할까?

극한의 부정체?

초월체?

미쳐 버린 초월체의 두뇌 칩?

'적어도 보이드가 아닌 건 확실하다. 그런데 보이드가 하던 역할을 초월체의 두뇌 칩이 대신하기 시작했으니……'

어쨌거나 본체가 극한의 부정체라는 사실엔 변함이 없었다.

하지만 스스로의 힘을 억제하던 보이드와는 많은 것이 달랐다. 새로운 주인은 더 이상 거칠 것이 없는 듯, 더욱 빠르고 맹렬한 속도로 세상의 저주를 빨아들이기 시작했다.

그리고 나는 손에 칼 한 자루조차 쥐고 있지 않았다.

"칼은 또 언제 떨어뜨린 거지?"

나는 쓴웃음을 지으며 걸음을 옮겼다. 언제 어디서라도 위치를 확인할 수 있는 유체 금속과는 달리, 평범한 검은 한 번 잃어버리면 다시 찾을 수가 없다.

특히 이런 저주로 가득 찬 먼지뿐인 세상이라면.

"절망적이군. 아주 절망적이야."

나는 굳이 입으로 말하며 계속 걸음을 옮겼다.

극한의 부정체를 향해서.

다행인 건 실제로 절망적인 기분은 아니라는 것이다. 다만 늦장을 부릴 수는 없었다. 나는 심호흡을 반복하며 달리는 속도에 탄력을 붙이기 시작했다.

'이런 상황에서도… 기어이 끝까지 싸워야 하나?'

문득 그런 생각이 들었다.

처음에는 가벼운 푸념 같은 것이었다.

하지만 시간이 지날수록 푸념에 뼈와 살이 붙으며 묵직한 무언가로 돌변하기 시작했다.

'결국 내가 자만한 거다. 스스로를 더럽히기 싫다는 생각에 그것들과의 합체를 거부했으니까. 난 이 와중에도 자신을 희생하지 못한 거야. 빌어먹을… 지구를 구하겠다고? 세상을 구하겠다고? 고작 자기 자신이 아까워서 희생하지도 못한 주제에?'

생각이 거기에 닿은 순간, 나는 웃기 시작했다.

"후, 하하… 드디어 왔나?"

나는 즉시 스스로를 스캐닝했다.

저주: 214(551)

저주가 올라가기 시작했다.

최대 수치는 천천히 오르고, 현재 수치는 폭발하듯 빠르게 상승한다.

정신 오염이 다시 시작된 것이다. 나는 다리를 멈추며 반사적으로 혈청을 꺼내 들었다.

말 그대로 지하 세계의 아이들이 피와 땀으로 만들어낸 생명의 결정체.

하지만 지금은 이것을 먹을 수 없다.

나는 혈청을 다시 집어넣고, 전보다 더 빨리 달리기 시작했다.

저주: 274(558)
저주: 316(563)
저주: 390(571)

그 때문에 저주가 엄청난 속도로 급증했다.

동시에 온갖 부정적인 생각이 뇌리를 파고들었다.

지금이라면 내 손으로 내 목을 졸라 죽일 수 있을 정도다.

하지만 버텨야 한다.

바로 지금이야말로, 한계를 돌파한 정신력을 극한까지 활용할 순간이다.

나는 몸과 정신을 파고드는 온갖 저주와 끔찍한 악몽을 그대로 받아들였다. 어차피 세상은 저주로 꽉 차 있었고, 극한의 부정체와 가까이 갈수록 그 농도는 더욱 짙어졌다.

나는 웃으며 중얼거렸다.

"이거 미칠 것 같은데… 아니, 이미 미쳐 버린 건 아니겠지?"

*　　　　*　　　　*

그것은 거대한 악몽이었다.

약 3㎞ 정도까지 육체를 확장한 녀석은 더 이상의 팽창을 억제하며 서서히 형태를 갖추기 시작했다.

보자기를 뒤집어쓴 유령과도 같은 형상에서 천천히 머리와 손발이 생겨난다.

마치 인간처럼.

그런데 변환 과정이 순조롭지만은 않았다. 녀석의 얼굴은 서로 다른 다양한 형태로 바뀌어 나갔고, 결국에는 얼굴 곳곳이 부풀어 오르며 작고 새로운 얼굴들이 솟구치기 시작했다.

'끔찍하군.'

접근하는 것 자체가 혐오스럽다.

하지만 멈출 수는 없었다. 나는 치솟는 저주 스텟을 마력으로 변환하며 새롭게 쿨로다의 세계를 전개했다.

그리고 하늘로 날아올랐다.

높이 오르자 부정체의 얼굴이 선명하게 보였다.

다섯 명의 얼굴이 번갈아 가며 바뀌었고, 얼굴에 솟은 작은 돌기들 역시 다섯 명의 얼굴이 빽빽하게 섞여 있었다.

'화합이 안 되나 보군. 칩들이 주도권 경쟁이라도 하고 있는 건가? 누가 '얼굴'을 맡을지?'

그 순간, 목덜미에서 새로운 얼굴이 솟아올랐다.

우우우우우우우우웅!

동시에 끔찍한 저주의 힘이 사방으로 폭발하듯 퍼졌다. 나는 이를 악물며 퍼져 오는 힘의 일부를 그대로 받아들였다.

'엄청난 힘이다. 대체 얼마나 빨아들였으면 이런 힘을 방출

할 수 있지?'

동시에 반대쪽 목덜미에서 또 다른 얼굴이 솟아올랐다. 그러자 경쟁이라도 하듯 가슴에도 얼굴이 치솟았고, 연달아 하복부에도 일그러진 얼굴 하나가 드러나기 시작했다.

'최초의 보이드와 비교하면 15퍼센트… 아니, 20퍼센트를 돌파했다. 이 무슨 말도 안 되는……'

그 순간, 가슴에 솟은 얼굴이 내 쪽을 바라보았다.

우우우우우웅…….

동시에 녀석의 모든 얼굴과 그 얼굴에 솟은 수천 개의 작은 얼굴들의 시선이 집중됐다.

시선.

단지 그것뿐이었는데도, 나는 내 스스로가 사라지는 듯한 절망을 느꼈다.

"큭!"

나는 즉시 방어 기술들을 발동시켰다.

'아이시아의 내구력! 노바로스의 방벽! 오러 실드!'

그러자 겨우 손발의 감각이 살아나는 게 느껴졌다.

'이건 뭐지? 그냥 노려보기만 해도 목표가 지워지는 건가?'

10㎞ 이상 떨어져 있는데도 눈빛 하나하나가 생생하다. 나는 테스트를 할 겸 적의 시선으로부터 나를 가릴 방벽을 만들었다.

'아이시아의 집!'

쩌저저저저저저저적!

순간 거대한 얼음집이 완성됐다.

반구형이라 밑이 뻥 뚫려 있었지만, 어쨌든 순간적으로 부정체의 시선을 차단할 수 있었다.

"후우……."

그러자 숨통이 트였다. 확실히 적의 시선에 노출되는 것 자체가 문제였다.

하지만 언제까지 그것으로부터 숨을 수는 없다. 동시에 폭이 40미터나 되는 거대한 얼음집이 내 머리 위로 추락했다.

아무리 내가 만들었다고 하지만, 이런 거대한 것을 공중에 띄워놓을 재주는 없다.

'그래도 중요한 걸 알았다. 시선만 차단하면 이 괴상한 정신 공격을 피할 수 있군.'

하지만 무의미한 결론이었다.

콰과과과과과과과과과광!

얼음집은 내가 아래쪽으로 빠져나가기도 전에 산산조각 났다.

박살 난 얼음 조각 사이로, 굵기가 10미터에 달하는 거대한 촉수들이 얼굴을 내민다.

그렇다.

그것은 진짜 얼굴이었다.

촉수마다 달려 있는 수백 개의 얼굴이, 동시에 날 노려보며 비명을 지르기 시작했다.

꺄어어어어어어어어어우우욱!

꺄어어어어어아아아악!

끼야아아아아아아아아악!

'세상에.'

그저 듣는 것만으로도 내가 가진 모든 근본이 뿌리부터 뒤흔들렸다.

사랑, 우정, 동료, 가족, 의무, 책임, 열정.

그리고 희망.

모든 것이 근본부터 무너지며 부정당한다.

'미칠 것 같군. 가만히 있어도 치솟는 저주 때문에 미칠 지경인데……'

동시에 새로운 촉수가 날아왔다.

쉬이이이이이이이이이이이익!

너무 빠르다.

유체 금속 검을 최대 속도로 날려도 이만큼 빠르진 않다. 나는 쿨로다의 세계를 전개하며 재빨리 저주 스텟을 마력으로 전환시켰다.

'저주로 반지 충전! 곧바로 반지로 마력 충전!'

그리고 날아오는 대형 촉수들을 필사적으로 피했다. 두께가 무려 10미터에 달하는 주제에, 날아오는 촉수들은 지극히 빠르고 집요하게 내 몸을 노렸다.

그 끔찍한 얼굴들을 빼곡하게 단 채.

"이 망할!"

나는 이를 갈며 소리쳤다.

당장에라도 모든 촉수를 형태도 없이 찢어버리고 싶다. 저걸 그냥 내버려 두는 것 자체가 인간에 대한 모독이다.

동시에 새로운 촉수가 정면에서 날아왔다. 나는 회피 대신 다섯 개의 고스트 소드를 만들어 정면에서 충돌시켰다.

파지지지지지지지지지직!

그러자 파괴가 시작됐다.

촉수에 파고든 고스트 소드는 거침없이 나아가며 사방으로 날카로운 오러의 파편을 흩날렸다.

동시에 10㎞에 달하던 촉수의 절반이 산산조각으로 갈라지며 폭발을 일으켰다.

콰과과과과과과과과과과광!

그것은 예상 못 한 효과였다. 나는 즉시 변환 작업을 시작하며 새로운 고스트 소드를 만들어냈다.

'저주로 반지 충전! 곧바로 반지로 오러 충전!'

동시에 부정체의 몸으로부터 새로운 촉수들이 날아왔다.

우우우우우우우우우우우웅!

모두 스무 개였다. 나는 그중에 위험하다고 판단되는 열 개의 촉수를 향해 고스트 소드를 맞부딪혔다.

촉수 하나당 고스트 소드 한 개면 충분했다.

파지지지지지지지직!

파지지지지지지지직!

파지지지지지지지직!

수많은 촉수들이 찢겨 흩어지는 순간, 눈앞에서 불꽃이 없는 대규모의 폭발이 일어났다.

콰과과과과과과과과광!

'이때다.'

나는 고스트 소드 한 자루를 손에 쥐고 폭발 속으로 몸을 날렸다.

'본체에 타격을 주려면 좀 더 접근해야 한다. 내 정신이 버텨 주는 사이에……..'

그런데 그 순간, 작열하던 폭발과 휘몰아치던 검은 기운이 싹 사라졌다.

'어?'

그와 동시에 9시 방향으로 눈부신 섬광이 날아갔다.

푸홧!

순간 몸이 경직되었다.

섬광이 주변의 모든 장애물을 밖으로 밀어낸 걸까?

나는 부릅뜬 눈으로 멀리 있는 적의 본체를 주시했다.

가장 먼저 생겨난 가운데 얼굴.

그것이 입을 벌리고 있었다. 나는 입속에서 번쩍이는 섬광의 잔재를 보며 즉시 방향을 틀었다.

'이건 위험해!'

동시에 강렬한 빛이 내 몸을 스칠 듯 육박했다.

푸화아아앗!

이건 그저 단순한 빛이다.

하지만 등줄기에 소름이 돋았다.

'난 저 빛을 알고 있다.'

저 극한의 괴물이 아무 효과도 없는 빛을 쏘아낼 리가 없다. 나는 전진을 멈춘 채, 가운데 얼굴의 입을 주시하며 회피에 전념했다.

이 빛은 전이의 각인이다.

'초월체의 힘도 쓰는 건가? 저 가운데 얼굴이 레비가 인간이었던 시절의 얼굴인가 보군.'

이토록 거리가 멀리 떨어져 있음에도 불구하고, 나는 레비의 머릿속에서 힘을 컨트롤하고 있는 두뇌 칩의 존재를 감지할 수 있었다.

저것이 근원이다.

초월체의 힘은 초월체가 되면서 그냥 생긴 게 아니다.

그들은 원래 인간이었던 시절부터 그 힘을 다루고 있었다. 단지 초월체가 된 이후로 그 힘을 다른 인간에게 부여할 수 있게 된 것뿐.

그와 동시에 양옆에 있는 얼굴에서 새로운 촉수가 쏟아져 나왔다.

우우우우우우우우우웅!

우우우우우웅!

우우우우우우우웅!

처음 뿜어내던 촉수에 비하면 굵기가 매우 얇다.

얼핏 보면 마치 머리카락 같다. 나는 공중에서 급선회하며 수백 가닥에 달하는 무수한 머리카락을 모조리 피해냈다.

'아무리 많아도 이 정도는 피할 수 있다. 하지만 숫자가 너무 많아서 고스트 소드로 맞받아칠 수는 없고……'

하지만 생각이 거기에 미친 순간.

'앗?'

나는 회피한 촉수들이 한가운데 몰려 있다는 것을 깨달았다.

'일부러 피하게 해준 건가!'

그와 동시에, 모든 촉수들이 일제히 검은 기운을 내뿜었다.

그리고 폭발했다.

콰과과과과과과과과과과과과과과광!

온 세상이 선명한 붉은빛으로 물들었다. 나는 즉시 몸을 빼내며 아래쪽으로 추락하듯 몸을 날렸다.

'이건 공허 합성체의 기술이다. 오러의 소모가 극심하군.'

하지만 개의치 않았다. 나는 소모된 오러를 빠르게 복구했고, 즉시 기수를 틀며 낮은 고도에서 적을 향해 비행을 이어나갔다.

그 순간, 몸에 이상이 발생했다.

'뭐지, 이건?'

몸 안에 무언가가 생겼다.

정확히 무엇인지는 모르지만, 단순히 정신력으로는 버틸 수 없는 근본적인 체질의 변화였다.

그리고 그 순간, 마침 극한의 부정체도 변화를 시작했다.

우우우우와아아아아아아아악!

먼저 공허한 함성이 사방으로 퍼져 나갔다.

뒤를 이어 세상의 흐름이 변했다. 나는 극도로 느리게 흘러 가는 주변 풍경을 보며 이를 갈았다.

'시간이 느려졌어?'

이것도 초월체의 힘일 것이다.

그나마 다행인 건 나만 느려진 게 아니라는 것이다. 부정체 역시 지극히 느린 속도로 몸을 흔들며 괴성을 지르기 시작했 다.

'왜? 둘 다 느려지면 무슨 소용이지?'

그런데 느려지지 않은 게 하나 있었다.

저주.

세상을 꽉 채운 지독한 농도의 저주만이 전과 같은 속도로 중심점을 향해 강하게 휘몰아쳤다.

물론 중심점은 극한의 부정체였다.

느려진 시간.

하지만 전과 같은 저주의 축적.

그로 인한 결과는 지금보다 더욱 끔찍한 존재로의 각성이었 다.

그렇게 얼마나 시간이 지났을까, 갑자기 시간이 원래대로 돌 아왔다.

우웅…….

그리고 작은 울림이 느껴졌다.

'이건 대체……'

그 순간, 나는 잠시나마 온 세상에 가득한 부정체의 존재를 느낄 수 있었다.

'방금 녀석이 뭔가를 방출했다. 뭐지?'

그리고 폭발이 일어났다.

＊   ＊   ＊

그것은 소리도 없고, 불꽃도 없고, 심지어 힘도 없는 폭발이었다.

결론적으로 보면 폭발이라는 말 자체가 무색했다.

하지만 그렇게밖에 말할 수 없는 것은 폭발로 인해 내 몸이 심각한 피해를 입었기 때문이다.

온몸이 으스러졌다.

정확히 뭐가 어떻게 작용한지는 알 수 없다. 부정체의 몸 전체가 한순간 무한대로 팽창하는 듯 보였고, 그다음은 바닥에 코를 처박은 채 정신을 차렸을 뿐이다.

"그래도 죽진… 않은 건가?"

눈앞에는 여전히 붉은색의 숫자로 1이 표시되어 있었다. 나는 극한의 인내력으로 몸을 일으키며 재빨리 시공간의 주머니 속에 손을 집어넣었다.

'포션… 포션이 필요해……'

그리고 손에 잡히는 포션들을 닥치는 대로 꺼내 마시기 시·작했다.

온 세상이 새까만 연기와 먼지로 꽉 차 있다. 당연히 대량의 이물질이 함께 목구멍으로 넘어간다.

하지만 당장은 부러진 뼈와 까맣게 탄 피부를 회복시키는 게 우선이었다.

그리고 소리를 질렀다.

"망할!"

정말 소리를 지르지 않고는 견딜 수 없는 통증이다.

하지만 그 와중에도 적은 여전히 그곳에 있었고, 내 몸의 저주는 쉴 새 없이 폭주를 이어나갔다.

저주: 814(814)

그 때문에 다른 어떤 특수 스텟보다 최대치가 높아져 버렸다.

레벨과 기본 스텟도 가파르게 올랐다. 하지만 당장 싸워야 하는 압도적인 적에 비하면 크게 의미 있는 수치는 아니다.

'그런데 어떻게 살아난 거지? 오러 실드고 노바로스의 방벽이고 할 것 없이 한순간에 소멸했다. 진짜 엄청난 공격이었는데……'

나는 멍한 기분으로 까맣게 된 양손을 바라보았다.

그리고 잠시 후, 그게 타버린 이물질이나 바닥을 뒹굴며 묻은 먼지가 아니라는 것을 깨달았다.

"이건 설마……."

나는 스스로를 스캐닝하고는 입을 쩍 벌렸다.

마법 효과: 어둠의 망토

그리고 웃기 시작했다.
"하… 하하… 하하하……."
실로 웃지 않을 수 없었다.
나도 모르는 사이에 지금까지 내가 상대했던 적들의 기술을
쓸 수 있게 된 것이다.
'이게 마지막에 내 몸을 막아줬군. 그래서 죽지 않은 거야.'
나는 한순간에 검은 기운을 펼치며 몸을 감쌌다.
어둠의 망토.
예나 지금이나 음울하고 불길한 힘이다. 하지만 지금만큼은
따뜻한 담요처럼 포근한 기분마저 느껴졌다.
그리고 스텟창에 보이는 마법 효과를 재차 스캐닝했다.

[어둠의 망토 — 저주 마법. 대상의 육체에 '영구한' 형태의 저
주가 걸린 상태. 효과는 자유자재로 움직일 수 있는 검은 기운을
다루게 된다. 부작용은 주기적으로 저주 스텟이 계속 오른다.]

"부작용도 쓸 만하군."
나는 가슴을 펴고 정면을 바라보았다.
전보다 더욱 검게 변한 세상은 그 안에 모든 것을 감춘 채

아무것도 드러내지 않았다.

하지만 느낄 수 있었다. 저 어둠 너머 깊은 곳에 또다시 새로운 악몽으로 각성한 극한의 부정체가 존재한다는 사실을.

심지어 지금 이 순간에도, 무수한 저주를 빨아들이며 또 다른 변신을 꾀하고 있다.

"28… 30퍼센트 정도인가?"

나는 허공을 바라보며 중얼거렸다.

상황은 여전히 절망적이다. 하지만 나는 오히려 기분이 좋아지는 것을 느꼈다.

이제는 절망을 보고 절망할 필요가 없다. 나 역시 세상에 가득 찬 절망의 당당한 일원이 되었으니까.

*   *   *

그때, 지면에서 뭔가가 뚫고 올라왔다.

파바바바바바박!

그것은 식물의 뿌리와도 같은 촉수였다. 나는 즉시 하늘로 날아오르며 솟구치는 촉수들을 향해 고스트 소드를 뿌렸다.

파지지지지지지지지지직!

다섯 개의 고스트 소드가 촉수를 가르며 뿌리 부근의 굵은 덩어리에 꽂혀 작열했다. 나는 산산조각으로 분해되는 덩어리를 노려보며 즉시 적을 향해 돌진을 시작했다.

'촉수의 형태가 또 바뀌었다. 얼굴이 달려 있지 않은 건 바람

직한데…….'

동시에 주변의 공기가 급격히 맑아졌다.

'이건 불길한 징조다.'

나는 어둠의 망토를 최대한으로 펼쳐 사방으로 50여 미터의 공간을 가로막았다. 부정체의 거대한 덩치에 비하면 아무것도 아니지만, 어쨌든 적의 정확한 '조준'을 피할 정도는 될 것이다.

그리고 기다렸다는 듯이 눈부신 빛이 어둠의 망토를 관통했다.

푸홧!

푸홧!

푸화아아앗!

처음 쏟아내던 빛에 비하면 확실히 가늘어졌다.

하지만 이번엔 하나가 아니라 여러 발이었다. 나는 구멍이 숭숭 뚫린 어둠의 망토를 곧바로 복구하며 긴장을 끌어 올렸다.

'저걸 맞으면 대체 어디로 날아갈지 알 수 없다. 행성의 반대편일지, 아니면 완전히 다른 차원일지…….'

그 와중에 십여 발의 광선이 다시 날아왔다. 나는 오른쪽으로 1미터쯤 떨어진 공간이 관통되는 것을 보고 식은땀을 흘렸다.

'이러다가 재수 없이 걸리면 끝장이다. 운에 모든 것을 맡길 수는 없어.'

그래서 펼친 망토를 거둔 다음, 본래의 형태로 몸을 감쌌다.

그 사이, 주변은 믿을 수 없을 정도로 밝아져 있었다. 나는 이 이해할 수 없는 현상을 빠르게 분석하며 마른침을 삼켰다.

'적이 쏘는 전이의 광선에는 근처의 오염된 대기나 검은 기운까지 함께 다른 곳으로 날려 보내는 효과가 있는 것 같다. 이건 너무 강력한데……'

막을 수도 없고, 무조건 피해야 하며, 맞는 순간 한 방에 승패가 결정 난다.

물론 다른 차원으로 날아간다고 해도 죽지는 않을 것이다.

하지만 다시 이곳으로 돌아왔을 때는, 이미 모든 것이 완전히 끝나 있을 게 뻔하다.

시간은 적의 편이다.

나는 압도적인 적의 힘과 시시각각 불리해지는 시간의 사이에서 아슬아슬한 줄타기를 해야 한다.

어쨌든 주변이 정화된 덕분에 멀리 있는 부정체의 모습이 선명하게 보였다.

'저건… 나무인가?'

나는 눈살을 찌푸렸다.

높이가 3km쯤 되는 거대한 나무가 그곳에 뿌리를 내리고 박혀 있다.

새롭게 변한 녀석은 잎이 없는 나무처럼 수천 가닥의 잔가지를 뻗고 있었다. 가장 거대한 하나의 얼굴이 굵은 중심 가지의 가운데에 박혀 있고, 다른 네 얼굴이 포위하듯 거대한 얼굴을 둘러싸며 고통스러운 표정을 짓고 있었다.

바로 그 가운데 얼굴이 또다시 눈부신 광선을 뿌려댔다.

"큭!"

나는 광선의 경로를 예측하며 필사적으로 회피했다. 광선은 녀석의 입에서부터 뻗어 나왔는데, 자세히 보니 입속에 수십 개의 작은 얼굴들이 있어, 각각이 하나의 가느다란 광선을 쏘아대고 있었다.

"이런 흉측한 것들……."

가까스로 피한 다음 한숨을 내쉬었다. 하지만 그 순간, 마구 뻗혀 있는 수천 개의 잔가지에서 일제히 하얀 구슬이 뿜어졌다.

'뭐지?'

그것은 해골이었다.

진짜 해골인지, 아니면 해골처럼 만들어낸 무언가인지는 모른다.

어쨌든 간에 퀭한 눈구덩이를 번뜩이며 끔찍이도 많이 날아왔다. 나는 가운데 얼굴의 입을 주시하며 오러 실드를 전개했다.

'설마 이것도 전이의 광선은 아니겠지. 지금은 적을 사거리에 둘 때까지 강행 돌파 한다!'

그리고 쏟아지는 해골들과 충돌했다.

"……."

소음은 전혀 없었다.

해골은 오러 실드와 반응하지 않았다. 마치 형태가 없는 홀로그램이라도 되는 것처럼, 오러 실드를 무시하며 내 몸에 직접 충돌했다.

'아니?'

통증은 없었다.

하지만 몸이 무거워졌다. 나는 쿨로다의 세계를 발동시키고 있음에도 불구하고, 저항할 수 없는 압력을 느끼며 지상을 향해 추락했다.

콰아앙!

"큭!"

땅에 충돌한 순간 엄청난 무게가 날 짓눌렀다. 지면이 푹 꺼진 걸로 보아 실제로 몸이 엄청나게 무거워졌고, 동시에 온갖 부정적인 망상과 컨디션의 저하로 정신적인 혼란이 가중됐다.

"이런 빌어먹을⋯⋯"

나는 힘겹게 몸을 일으키며 고개를 치켜들었다.

그곳엔 목표를 향해 방향을 선회한 수천 개의 해골이 우박처럼 쏟아지고 있었다.

나는 반사적으로 그것들을 스캐닝했다.

[스켈레톤 스피릿 ― 저주 마법. 원한을 가진 죽은 자의 힘을 추출해 날려 버리는 최상급 저주 마법. 지정한 목표를 끝까지 추격하며 가장 효과적인 저주 효과를 남긴다. 회피가 불가능하지만 실제로 죽은 자와의 교감이 필요하기 때문에 긴 준비 과정이 필요하다.]

아무래도 이건 이미 존재하는 저주 마법인 모양이다.

'긴 준비 과정 좋아하시네……'

나는 이를 갈았다.

단 한 발로도 최상급이라는 저주 마법을, 극한의 부정체는 준비 과정도 없이 한순간에 수천 발을 쏟아냈다.

문제는 회피가 불가능하다는 것.

하지만 회피가 불가능하다고 '격추'도 불가능한 건 아닐 것이다. 나는 즉각 판단을 내리며 몸속의 오러를 빠르게 끌어 올렸다.

'고스트 소드는 안 돼. 위력은 좀 약하더라도 보다 넓은 범위를 커버할 수 있는 기술이 필요하다.'

그 순간, 머릿속에 팔틱이 떠올랐다.

'죄송합니다. 선생님. 남겨주신 검을 잃어버렸습니다.'

하지만 팔틱이 남겨준 기술은 내 몸에 확실히 각인되어 있었다. 나는 양손을 모아 오러를 집중하며, 순간적으로 거대한 오러의 구슬을 만들어냈다.

그것은 검게 휘몰아치는 수십 겹의 압축된 컴팩트 볼이었다.

나는 일부러 입을 열고 소리쳤다.

"헤비 레인!"

그리고 검은 구슬을 하늘로 집어 던졌다. 오러의 구슬은 쏟아지는 두개골 사이로 빠르게 진입한 다음, 한순간에 폭발을 일으켰다.

콰과과과과과과과과과과과광!

하지만 폭발은 그 자체로 공격 수단이 아니었다.

이것은 단지 공의 분열을 위한 과정에 불과하다. 순간 수백 개의 조각으로 갈라진 오러의 덩어리들이 사방으로 확산되며 맹렬한 유폭을 시작했다.

콰과과과과과과과과과과과과광!

이것이 바로 팔틱의 고유 스킬인 헤비 레인이다.

원래는 컴팩트 볼을 개조한 기술이다. 압축된 오러 볼의 외부에 서서히 압축의 강도를 줄여가면서 계속 새로운 오러를 덧씌워 간다.

이걸 통해 일종의 시한폭탄 같은 딜레이를 줄 수 있다. 하지만 내가 사용한 것은 '딜레이'보다는 '확산'과 '위력'에 초점을 맞춘 것으로, 팔틱이 알려준 것보다 두 배 이상의 오러와 압축 공정이 투입되었다.

효과는 탁월했다.

쏟아지는 해골들은 헤비 레인이 만들어내는 폭발에 가로막혀 중간에 소멸했다. 하지만 이미 걸려 있는 저주들은 어쩔 수 없다. 나는 스스로를 스캐닝을 하며 가볍게 혀를 찼다.

'증량의 저주, 무력화의 저주, 공포의 저주⋯ 끝도 없군. 이거 전부 혈청 하나만 먹어도 싹 사라질 텐데⋯⋯.'

하지만 이제 와서 혈청을 복용할 수는 없다. 먹는 순간 무한대로 차오르는 힘의 원천이 차단될 테니까.

'지금은 고속으로 회복되는 저주 스텟이 훨씬 중요하다. 그냥

알아서 저주가 풀리기를 기대하는 수밖에 없는데……'

그것을 위해서는 시간을 끌어야 한다. 넋을 놓고 있다간 극한의 부정체가 반드시 공격을 재개할 테니까.

그런데 그때, 스캐닝에 표시된 스텟 중에 새롭게 생긴 기묘한 것들이 눈에 들어왔다.

저주 마법: 사령계열(7종류), 저주계열(8종류)

'어둠의 망토만 생긴 게 아니었나?'

나는 새로 생긴 마법들을 빠르게 검색했다. 그리고 눈에 띄는 한 마법에 의식을 집중했다.

[라이즈 스피릿 ─ 저주 마법. 원한을 가진 채 죽은 자의 영령을 되살린다. 영령의 힘은 죽은 지 오래될수록 강력하고 되살리기 까다롭다.]

'그래? 그렇다면……'

나는 의식을 집중하며 라이즈 스피릿을 발동시켰다.

'16만 년 전에 죽은 영령은 얼마나 강력할까?'

＊　　　　　＊　　　　　＊

얼마나 강력한지는 모르겠다.

하지만 까다로운 건 확실했다. 나는 순간적으로 의식을 휘감는 수천 개의 저주의 의지를 느끼며 전율했다.

—왜 내가 죽어야 하지?
—이토록 찬란한 문명을 만들었으면서! 망할 놈의 선구자들!
—이 모두가 선구자의 헛된 욕심 때문이야!
—공허 합성체! 이 망할 악마들!
—지옥이야! 우리 세상이 지옥으로 변했어!

그 모두가 16만 년 전에 멸망한 보이디아인들의 절규였다.
그토록 긴 시간이 지났음에도 불구하고, 그들의 원한과 저주는 여전히 이 땅에 남아 있었다.
이미 시체 따위는 흔적조차 남아 있지 않을 것이다. 하지만 죽는 순간의 부정적인 감정은 시간을 초월해 별의 대지를 오염시키고 있었다.
'다행이군.'
하지만 쉽게 내 말을 듣지 않았다. 나는 고대 보이디아인의 영령 하나를 되살리는 데 필요한 정신력과 마력을 알아내고는 기겁을 하며 방향을 선회했다.
'이놈들은 몸값이 너무 비싸다. 일단 마법에 좀 더 적응해야 해. 먼저 실전 테스트를 해서……'
그래서 좀 더 가벼운 존재와 접촉했다. 그들은 내가 서 있는 곳으로부터 수 킬로미터 지하의 어딘가로부터 사방으로 퍼져

나가고 있었다.

그들의 생각은 고대인들처럼 복잡하지 않았다.

—몸이 아파…….

—더 살고 싶었는데…….

—배가 고프다. 더 많이 먹고 싶다.

—아기, 예쁘다. 내 아기다.

'이것들은 설마…….'

나는 또 다른 의미에서 전율을 느꼈다.

지하 세계의 아이들이다.

지난 16만 년 동안 지하 세계에서 살다 죽어간 모든 아이들.

인구가 늘어나는 것을 막기 위해, 전승자의 손에 의해 25살
전에 죽어야 했던 불쌍한 아이들의 슬픔과 저주가 내 안으로
가득 들어왔다.

순간 내 눈 앞에 지하 세계의 풍경이 떠올랐다.

그러자 수천, 아니, 수만의 영령들이 지상으로 떠올랐다. 그
들은 고대인의 영령처럼 강하진 않았지만, 대신 많은 것을 바
라지도 않았다.

그들은 모두 한목소리로 말했다.

—도와줄게…….

내가 그들을 읽은 것처럼 그들도 나를 읽었다.

내가 지하 세계의 아이들을 안타까워한 만큼, 그들은 내게 조건 없이 힘을 빌려주었다.

아주 약간의 저주 스텟만으로도, 나는 끝도 없는 혼령의 대군을 만들어낼 수 있었다.

나는 가지고 있는 모든 저주의 힘으로 그들을 살려냈다.

동시에 회복되는 저주 스텟을 초 단위로 계속 소모했다. 순식간에 온 세계가 뿌연 유령으로 가득 찼고, 나는 무너지려는 정신을 가까스로 세우며 비명처럼 소리쳤다.

"지금부터! 반격 시작이다!"

그러자 유령들이 하늘로 솟아올랐다.

하늘로.

그리고 적을 향해.

마치 이 별을 송두리째 저주하겠다는 듯이 뿌리를 박아버린 극한의 부정체.

그리고 녀석이 만들어 뿌려대는 저주의 화신과도 같은 해골 열매들.

그리고 인간답게 살아보지 못한 채, 어둑한 땅속에서 젊은 나이에 죽어야 했던 끝도 없는 아이들의 영혼.

이 모두가 하나로 어우러지기 시작한 순간, 세상은 진정한 종말의 풍경을 만들어내기 시작했다.

그리고 나는 그 종말의 밑바닥에 몸을 붙인 채 더욱 빠른 속도로 저주의 힘을 빨아들였다.

'지금까지는… 정말 아무것도 아니었군.'

나는 쓴웃음을 지으며 고개를 저었다.

'아직 느리다. 이 정도로는 저 괴물을 저지할 수 없어. 아이들의 영혼이 시간을 끌어주는 동안… 더 빨리 저주 스텟을 회복시킬 방법을 찾아야 해!'

*　　　*　　　*

"좋아… 해치웠다."

슌은 으스러진 왼쪽 팔을 축 늘어뜨리며 몸을 숙였다.

전투는 순식간이었다. 공허 합성체는 결국 지하 세계의 입구 주변의 암반을 뚫고 들어왔고, 슌은 밀고 들어오는 녀석을 향해 스케라 빔을 연속으로 쏘아 날렸다.

그리고 몇 차례의 처절한 공방이 있었다. 하지만 슌의 예상과는 달리, 함께 들어온 두 마리의 공허 합성체는 자신의 선에 충분히 제압이 가능했다.

"슌, 괜찮으십니까!"

그러자 뒤쪽에 김 소위가 급하게 달려오며 소리쳤다. 슌은 눈살을 찌푸리며 말했다.

"너… 거점으로 돌아간 게 아니었나?"

"중간쯤에 멈춰서 지켜보고 있었습니다. 그런데 팔은 괜찮으십니까? 아까 보니 촉수에 크게 한 방 맞으시던데……."

"괜찮아. 이 정도는 내버려 두면 낫는다."

그 순간에도 슌의 사이보그 육체는 자가 복구를 시작하고 있었다. 김 소위는 안도의 한숨을 내쉬며 고개를 끄덕였다.

"보디에 회복용 나노머신이 탑재되어 있나 보군요."

"그보다 무슨 일이지? 공허 합성체들이 갑자기 약해졌다. 내 힘은 상급 두 마리를 동시에 해치울 만큼 강하지 않아."

"위쪽에서 난리 난 모양입니다."

"난리?"

"네. 저도 정확히 무슨 일이 벌어지고 있는지는 모르겠습니다만……."

김 소위는 난감한 얼굴로 허공을 바라보았다.

"확실한 건 극한의 부정체가 봉인에서 풀렸고, 초월자께서 그것과 전투를 벌이고 있다는 사실입니다. 전투가 거듭될수록 저주의 흐름이 급변하고 있습니다."

"그것과 공허 합성체의 약화가 무슨 관계지?"

"부정체가 세계의 저주를 빨아들일수록 공허 합성체의 힘도 함께 빨려 가는 게 아닐까요? 저도 이런 경우는 처음이라……."

김 소위는 계속해서 맵온과 감정으로 지상의 상황을 확인했다. 그러다 어느 순간 깜짝 놀라며 소리쳤다.

"지금 당장 거점으로 돌아가야겠습니다!"

"갑자기 왜 그러지? 아까 전부터 그렇게 하라고 노래를 불렀잖아?"

"그게 아니라… 지금 당장 토너먼트를 시작해야 할 것 같습니다!"

그것은 대단히 뜬금없는 발언이었다. 슌은 어이없다는 얼굴로 김 소위를 바라보았다.

"아니, 갑자기 왜……."

"시간이 없습니다!"

김 소위는 해명도 없이 즉시 거점 쪽으로 달리기 시작했다. 슌은 폐허가 된 지하 세계의 입구를 잠시 바라보다, 이내 어깨를 으쓱이며 거점을 향해 돌아가기 시작했다.

＊　　　　　＊　　　　　＊

온 하늘이 극한의 부정체가 뿌려대는 하얀 해골로 꽉 차 있다.

그리고 수만이 넘는 아이들의 유령이 해골을 몸으로 받아내 자폭을 시도한다.

아이들의 영령은 별다른 힘이 없었다. 하지만 집요할 만큼 철저하게 방벽을 구축하며 쏟아지는 '스켈레톤 스피릿'을 상쇄시켰다.

그리고 나는 정신력의 한계를 벗어난 끔찍한 자기부정에 빠져 허덕였다.

'문주한, 너는 지금 저 불쌍한 아이들의 영혼을 무의미하게 희생시키고 있는 거다. 살아서도 축복받지 못한 아이들을 죽어서도 저주의 길로 끌어들인 거야.'

물론 사실이다.

그래서 더 견디기 힘들었다.

하지만 저들이 희생하는 것은 나를 위함이 아닌, 결국 자신들의 후손인 지하 세계의 아이들의 생존을 위한 것이다.

'궤변이다. 쓰레기 같은 생각을 하는군. 그래서 너는 아무 죄도 없다, 이건가? 어차피 멸망할 세상을 더욱 끔찍한 곳으로 더럽힐 뿐이다. 못 볼꼴 더 보지 마라. 차라리 지금 자살하는 편이 바람직하다.'

실로 정신이 분열될 것 같은 기분이었다.

하지만 현실은 어떨까?

"지금 저걸… 못 볼꼴이라고 하는 건가?"

나는 중얼거렸다. 머리 위에서 벌어지는 망령과 유령의 싸움은 처참함을 넘어 장엄했고, 어찌 보면 아름답기까지 했다.

"우린 그저… 해야 할 일을 하고 있을 뿐이다."

나는 일부러 소리 내어 말했다. 그리고 끊임없이 라이즈 스피릿을 사용해 아이들의 영령을 하늘로 올려 보냈다.

아이들은 무상 봉사에 가까울 정도로 싸워준다. 그래도 최소한의 기본적인 소모량을 막을 수는 없었다.

그 기본적인 소모량조차 만 단위를 넘어가니 엄청났다. 나는 소모되는 저주와 회복되는 저주를 실시간으로 확인하며 눈을 번쩍 떴다.

'잠깐, 그럼 이게 정답인가?'

힘은 쓰면 쓸수록 는다.

그것은 저주도 마찬가지다.

저주 스텟을 변환의 원료로 사용할 때는 알 수 없었다. 하지만 실제로 저주 마법을 사용하니, 소모된 저주 스텟이 더욱 빠르게 회복되는 것이 느껴졌다.'

'이것도 모두 특별한 환경 덕분이겠지만… 어쨌든 저주 마법을 계속 사용해야 한다. 당장은 최대치를 더 높이고 회복량도 더 빠르게 가속시켜야 해.'

그래서 라이즈 스피릿을 사용하는 한편, 당장 쓸 만한 저주 마법을 검색하기 시작했다.

[커즈 골렘 — 저주 마법. 사물에 저주를 걸어 골렘으로 만든다. 모든 사물이 가능하지만 그 대상이 저주나 원한이 쌓인 물건일 때 위력을 발휘한다. 주로 시체나 뼈가 원료로 사용된다.]

"커즈 골렘이라……"

나는 발아래를 보며 중얼거렸다.

물론 인류가 멸망한 지 16만 년이 지난 세계라, 시체나 뼈 따위는 존재하지 않는다.

하지만 저주나 원한이 쌓인 거라면 온 세상에 차고 넘친다. 나는 지면에 손을 대고 곧바로 저주 마법을 사용했다.

그러자 순간적으로 시커먼 덩어리들이 뭉쳐나며 몸을 일으켰다.

커즈 골렘.

덩치는 중형차를 세워놓은 정도다. 원료만 보면 어스(Earth) 골렘이나 더스트(Dust) 골렘이라 해야겠지만, 어쨌든 저주로 가득 찬 이 땅은 무척이나 손쉽게 저주 마법을 완성시켜 주었다.

'한 마리당… 소모되는 저주 스텟이 30 정도인가?'

나는 회복되는 모든 저주를 커즈 골렘의 생산에 집중했다.

그렇게 몇 분이 지나자 하늘을 가린 유령들의 방호막에 구멍이 뚫리기 시작했다. 나는 어느새 백 마리를 넘긴 커즈 골렘들에게 일제히 명령을 내렸다.

"적을 향해 전속력으로 전진하라!"

그거면 충분했다.

골렘들은 덩치에 맞지 않게 엄청난 속도로 달리기 시작했다. 재료가 워낙 출중했기 때문에, 소모된 스텟에 비해 압도적인 힘을 가지고 있었다.

이름: 커즈 골렘(저주받은 대지)

종족: 골렘

레벨: 30

특징: 저주로 만들어진 골렘. 만들어진 재료에 깃든 원한과 저주에 따라 힘의 강도가 정해진다.

근력: 401(401)

체력: 443(443)

내구력: 311(311)

정신력: 0(0)

항마력: 467(467)

특수 능력

오러: 0

마력: 0

신성: 0

저주: 30(30)

고유 스킬: 커즈 브레스(중급)

기본 스텟이 어지간한 3단계 소드 익스퍼트를 능가한다.

'고작 저주 스텟 30으로 이런 말도 안 되는 괴물을……'

하지만 그럼에도 불구하고, 나는 녀석들에게 적과 싸우라는 명령을 할 필요가 없었다.

우우웅!

골렘들은 하늘의 방벽에서 벗어난 순간, 즉시 방향을 선회한 해골 폭격의 희생양이 되었다.

물론 마법 생물이니 정신적인 공격은 안 받겠지만, 몸에 걸린 '중량의 저주'가 쌓이자 더 이상 움직이지 못한 채 그 자리에 멈춰 버렸다.

그리고 골렘들이 멈춰 선 지면이 꿈틀거리기 시작했다.

콰과과과과과과과과광!

동시에 거대한 식물의 뿌리가 하늘로 솟구쳤다. 골렘들은 내구력만 봐서는 꽤나 단단했지만, 굵기가 집채만 한 뿌리 공격한 방에 산산조각 나며 먼지로 돌아갔다.

콰과과과과과광!

콰과과과과과과광!

콰과과과과과광!

'무시무시하군. 정말로 보이디아 전체에 뿌리를 내린 건가?'

당장 내가 서 있는 곳도 안전할 리 없다.

그사이에 주변 곳곳에도 뿌리가 솟구쳤다. 다만 내가 서 있는 곳을 정확히 노리진 못하는 것으로 볼 때, 부정체의 공격이 본체의 '눈'에 의지하고 있다는 걸 알 수 있었다.

'유령들이 하늘을 가려주고 있는 이상 정밀한 공격은 무리인가 보군. 그나마 다행이긴 한데……'

그사이 내 몸에 쌓여 있던 저주들도 모두 풀렸다. 나는 가볍게 몸을 움직이며 높아진 저주 스텟을 확인했다.

저주: 518(1,094)

최대치가 천을 돌파했다.

그리고 천을 돌파한 이후로는 레벨이나 기본 스텟의 성장이 멈췄다. 나는 쓴웃음을 지으며 천천히 고개를 저었다.

'아마도 전 세계… 아니, 모든 차원에서 처음으로 알아낸 인간이 아닐까?'

하필 그것이 '저주'라는 게 아이러니하지만.

어쨌든 순식간에 차오르는 저주 스텟을 노려보며, 나는 커즈 골렘과는 또 다른 거대한 서포터를 떠올렸다.

'아쿠렘의 권속!'

그러자 눈앞에 새로운 문장이 나타났다.

[아쿠렘의 권속을 소환하기 위해 얼마만큼의 마력을 사용하시겠습니까? 단위는 100단위입니다.]

계산은 이미 끝나 있었다.

'이천오백!'

그러다 새롭게 경고문이 나타났다.

[현재 보유한 마력의 최대치는 아쿠렘의 금고를 더해 1,218입니다. 1,200 이상의 마력은 사용하실 수 없습니다]

'상관없어. 변환의 반지 3개를 풀로 사용할 테니까.'

[실패할 경우 후유증으로 사망할 수도 있습니다. 그래도 하시겠습니까?]

나는 대답을 잠시 미룬 다음, 반지를 작동시키며 명령했다.

"잘 들어. 지금부터 묘기를 부려야 한다. 내 마력이 소모된 순간, 반지 전체의 스케라를 마력으로 회복시켜라."

반지는 곧바로 대답했다.

—반지 세 개분의 스케라를 마력으로 변환하면 1,056의 마력이 회복됩니다. 소유자의 마력의 최대치는 406입니다. 최대치를 넘어서는 만큼의 마력은 회복할 수 없습니다. 그리고 이를 더해도 방금 전에 말씀하신 '이천오백'에는 못 미칩니다.

아무래도 방금 전에 한 이야기를 들은 모양이다. 나는 반지에 탑재된 인공지능의 탁월함에 혀를 찼다.

"똑똑하군. 아무튼 전에 해봤으니까 상관없어. 그리고 이걸로 끝이 아니야. 마력을 회복시킴과 동시에, 내가 가진 저주를 가지고 실시간으로 반지를 충전해. 그리고 그걸로 계속해서 마력을 충전해라."

—변환과 충전을 동시에 진행하라는 말씀입니까? 그걸로 최대 이천오백의 마력을 소모하실 생각입니까?

"그래. 지금까지도 그렇게 하지 않았나?"

테스트라면 이미 해봤다. 소규모였지만.

반지는 약간의 뜸을 들이며 부정적으로 답했다.

—좀 전의 변환과 충전 과정은 규모가 작았습니다. 풀(Full) 변환과 풀 충전을 동시에 진행하는 건 위험도가 높습니다.

"상관없어. 벌써 저주 스텟도 꽉 찼고."

나는 어느새 최대치까지 꽉 찬 저주를 보며 심호흡을 했다. 그리고 마음속으로 다시 한번 명령했다.

'아쿠렘의 권속. 마력 소모는 이천오백.'

그 순간, 눈앞의 공간이 일렁였다.

동시에 사방 수백 미터의 공간에 맹렬한 속도로 물방울이 맺

히기 시작했다.

그리고 나는, 속에 들은 모든 것을 게워낼 듯한 구토감을 느꼈다.

"컥……."

이윽고 끔찍한 두통이 폭포처럼 쏟아지는 가운데, 보유한 모든 마력이 순간적으로 소멸했다.

그와 동시에, 변환의 반지에서 대량의 마력이 엄청난 기세로 쏟아져 들어온다.

하지만 쏟아지는 속도는 사라지는 속도를 따라잡지 못했다. 나는 온몸의 혈관이 폭발하는 듯한 통증을 느끼며 무릎을 꿇었다.

'조금만… 조금만 더…….'

그사이에도 변환의 반지는 엄청난 속도로 변환 과정을 처리했다. 반지는 내가 가진 저주 스텟을 빠르게 변환하고, 다시 부족한 분의 마력을 채워 넣기 시작했다.

나는 전력을 다해 통증을 견뎌냈다.

5초쯤 걸렸다.

그것은 세상의 종말보다도 끔찍한 5초였다. 내가 죽을 듯한 통증에서 해방된 순간, 사방에 가득 찬 물방울이 하나로 집결하기 시작했다.

푸화아아아아아아아아아아악!

마치 태풍처럼.

그렇게 저주와 어둠만이 가득한 황량한 세상에 물로 만들어진 드래곤이 소환되었다.

전장은 90미터가 넘는다.

"성공… 인가?"

나는 시야를 꽉 채운 거대한 덩치를 보며 심호흡을 했다.

이름: 최상급 물의 정령(드래곤)

종족: 정령, 군주

레벨: 50

특징: 물의 정령왕, 아쿠렘의 힘이 깃든 정령. 생성 직후 19분
동안 주인의 명령에 따른다.

근력: 2,500(2,500)

체력: 250(250)

내구력: 1,900(1,900)

정신력: 99(99)

항마력: 2,500(2,500)

특수 능력

오러: 0

마력: 2,500(2,500)

신성: 0

저주: 0

고유 스킬: 군주의 포효. 워터 브레스

마법: 물(10종류)

그것은 아마도 이 세상에 존재한 가장 강력한 드래곤일 것이다.

녀석은 탄생과 동시에 거대한 머리를 하늘로 치켜세우며 포효했다.

—쿠오오오오오오오오오오오오오!

나는 즉시 녀석에게 명령했다.

'지금 당장 극한의 부정체를 향해 돌진해! 그리고 날 서포터해라! 만약 기회가 되면 전력으로 공격하고!'

이번에는 공격 명령이 의미가 있을 것이다. 드래곤은 다시 한번 포효한 다음, 거대한 날개를 활짝 펼치며 천천히 하늘로 날아올랐다.

하지만 너무 높게 날지는 않았다. 녀석은 하늘에 떠 있는 유령들과의 거리를 의식하는 듯, 중간 정도의 높이에서 정면을 향해 질주하기 시작했다.

쉬이이이이이이이이이이이이익!

엄청난 굉음을 쏟아내면서.

하지만 이토록 강력한 존재임에도 불구하고, 내가 기대하는 것은 결국 총알받이였다.

나는 어둠의 망토로 몸을 가린 채, 또 다른 총알받이인 골렘들이 무너지고 있는 전방의 전장을 향해 몸을 날렸다.

전력으로.

"어차피 이게 세상의 종말이라면……."

그러자 하늘을 막고 있던 유령들도 내 쪽으로 함께 이동했다.

우우우우우우웅…….

하지만 내 속도가 훨씬 빨랐다. 그 탓에 적의 시야에 노출되었고, 순간적으로 지진이라도 난 것처럼 땅 전체가 뒤흔들리기 시작했다.

그리고 수십 가닥의 뿌리가 지면을 뚫고 솟구쳤다.

콰과과과과과과과과과과과과광!

하지만 나는 이미 그곳에 없었다.

하늘로 날아오른 나는, 이번엔 하늘에서 쏟아지는 수천 개의 해골들을 보며 중얼거렸다.

"나도 그에 걸맞게 싸워줘야지."

*   *   *

그 순간, 약간 뒤처진 곳을 날고 있던 드래곤이 맹렬한 브레스를 뿜어냈다.

푸화아아아아아아아아아아악!

그것은 고도로 압축된 물의 폭풍이었다. 쏟아지는 해골들은 브레스의 압력에 휘말리며 빠른 속도로 소멸했다.

'좋았어!'

모든 것은 계획대로였다.

타이밍도 위력도 적절했다. 나는 그대로 워터 드래곤의 서포터를 받으며, 약 15㎞쯤 전방에 있는 적을 향해 빠른 속도로 비행했다.

그 순간, 적의 형태에 변화가 생겼다.

나무 기둥의 중심에 박혀 있는 다섯 개의 얼굴 중에 하나가 심하게 일그러졌다.

녀석은 고통스러운 얼굴로 몸부림을 치다, 순간 적으로 몸체에서 뽑혀 떨어져 나왔다.

그리고 절규했다.

고오오오오오오오오오오오!

'뭐지?'

그것은 전혀 예상치 못한 상황이었다.

뽑혀난 얼굴은 당연히 지면을 향해 추락했다.

하지만 지면에 닿기 직전, 부정체의 본체에서 나뭇가지 같은 긴 팔이 돋아나 그것을 낚아챘다.

푸확!

낚아챌 때의 소리는 30초쯤 후에 들렸다.

하지만 녀석이 집어 던진 얼굴은 소리보다 몇 배는 빠르게 내 쪽으로 날아왔다.

'이 무슨 말도 안 되는!'

200미터쯤 되는 직경의 거대한 얼굴이, 끔직한 비명을 지르며 음속의 몇 배나 되는 속도로 날아온다.

얼굴 주변으로 공기가 찢어지며 충격파가 퍼지는 것이 보인다. 결국 얼굴 자체는 피한다 해도, 주변에 퍼지는 충격파의 돌풍에 휘말릴 것이 뻔하다.

'쿨로다의 세계가 아니라면 말이지.'

날아오는 얼굴이 1㎞ 안쪽으로 접근한 순간, 실로 어마어마한 바람의 힘이 감지되었다.

나는 쿨로다의 세계를 활용해서 그 모든 바람을 내 추진력으로 바꿨다.

쉬이이이이이이이이익!

그리고 한순간 상승하며 날아오는 얼굴을 피했다. 동시에 얼굴이 만들어내는 충격파와 돌풍보다 더 빠르게 정면으로 질주했다.

그것은 감각이 따라갈 수 없는 초음속의 세계였다.

그저 한계에 달한 정신력이 아슬아슬한 묘기를 기계적으로 성공시킬 뿐이었다. 나는 머릿속이 터질 듯한 기분을 느끼며 한숨을 내쉬었다.

'세상에 얼굴을 뜯어 던지다니……'

하지만 뒤쪽에 있던 워터 드래곤은 그것을 피하지 못했다. 고개를 돌리자 부정체의 얼굴에 정면충돌한 드래곤의 몸이 물거품처럼 뿌옇게 일어나는 것이 보였다.

소리는 들리지 않았다.

뒤쪽에서 벌어지는 소리보다 내가 더 빨랐다. 나는 등줄기가 서늘해지는 것을 느끼며 계속 정면으로 질주했다.

'총알받이라고 해도 끝까지 버텨줄 거라고 생각했는데… 상대가 안 좋았군.'

부정체의 얼굴 공격은 처음부터 드래곤을 노리고 있었다.

저토록 인간성을 부정하는 듯한 형태를 가진 주제에, 전투는 꽤나 인간처럼 생각을 하면서 싸운다.

그것이 더 끔찍했다. 나는 어느새 꽉 찬 저주 스텟을 확인하며 말했다.

"내가 왜 굳이 마력 2,500짜리 워터 드래곤을 만든 줄 아나?"

그러자 변환의 반지가 대꾸했다.

—지금 제게 물어보신 겁니까?

"그래."

—저는 사용자의 편의를 돕기 위해 만들어진 변환의 반지의 프로그램일 뿐입니다. 사용자의 판단을 예지하는 능력은 없습니다.

"그럼 지금부터 잘 들어라. 워터 드래곤 자체는 큰 문제가 아니다. 아깝긴 하지만. 핵심은 한계에 대한 실험이다."

—한계라면, 변환의 반지가 가진 한계 말입니까?

"그래, 너의 한계다. 앞으로 적에게 접근할수록 저주의 회복은 더욱 빨라진다. 그것을 감안해서 내 오러와 마력이 소모된 순간……."

나는 머릿속으로 상황을 그리며 심호흡을 했다.

"알아서 풀 충전과 풀 변환을 실행해라."

―사용자의 명령 없이, 계속해서 말입니까?

"그래. 내가 멈추라고 할 때까지는 자동으로 계속해."

―알겠습니다. 그런데 오러와 마력 중에 어느 힘을 우선적으로 변환합니까?

"오러가 우선이다. 엄청난 속도로 대량의 오러가 소모될 테니까."

―알겠습니다.

반지는 쿨하게 대답했다. 그사이 적에게 한층 가까워진 나는 방금 전에 떨어져 나간 얼굴이 있던 자리를 노려보며 미소를 지었다.

'마침 약점도 드러났군.'

얼굴이 떨어진 자리는 움푹 팬 채 뿌연 거품이 부글거리고 있었다. 나는 머릿속으로 엑페를 떠올리며 이를 악물었다.

'기술을 빌리겠습니다, 엑페.'

그리고 한순간 30개의 고스트 소드를 만들었다.

파지지지지지지지지지직!

그것은 마치 검은 잎사귀를 가진 날카로운 형태의 꽃과 같았다.

전에는 열 개 이상을 동시에 만드는 게 어려웠지만, 그랜드 마스터가 된 이후로는 좀 더 자유롭게 오러를 운용할 수 있었다.

다만 소모되는 오러는 변함이 없었다.

'고스트 소드 하나당 25의 오러가 소모된다. 이럴 줄 알았으면 전에 수련했을 때 좀 더 타이트하게 끊을 걸 그랬나?'

엑페에게 처음 고스트 소드를 전수받을 당시, 그녀는 고스트 소드 하나당 소모되는 오러를 22에서 23까지 끊을 수 있다고 했다.

물론 그렇게 큰 차이는 아니었다. 어차피 지금 내 오러의 최대치는 당시의 엑페를 뛰어넘었다. 중요한 건 얼마나 빠르게 이 기술을 반복할 수 있는지 뿐이었다.

나는 정면을 노려보며 소리쳤다.

"소드 스톰!"

그러자 30개의 고스트 소드가 쏜살처럼 일제히 나아갔다.

내가 만든 오러이기 때문에, 1㎞ 안쪽까지는 쿨로다의 세계로 가속도를 붙일 수 있었다.

'최대한 빠르게!'

나는 모든 정신을 고스트 소드에 집중했다. 결과는 눈으로 따라잡을 수 없을 만큼의 엄청난 속도였다.

쉬이이이이이이이이이익!

그 소리가 내 귀에 닿은 순간, 수십 개의 칼날은 이미 적의 몸에 꽂히며 날카로운 오러의 파편을 흩뿌렸다.

파지지지지지지지지지직!

마치 적의 몸에 꽂힌 산탄처럼, 파편 하나하나가 부정체의 몸속을 헤집으며 상처를 더 크게 벌렸다.

'통한다!'

나는 마음속으로 쾌재를 불렀다.

하지만 부정체의 덩치는 상상 이상으로 거대했다. 녀석은 짓이겨진 나무 기둥의 홈을 빠르게 회복하며 비명을 지르기 시작했다.

쿠우우우우우우우우오오오오오오오!

그것은 네 개의 머리가 동시에 내지르는 저주의 하모니였다.

"큭!"

나는 그 와중에도 손으로 귀를 막았다.

내 몸속에 아직도 남아 있는 '부드러운' 인간의 부분이, 제발 이 소리를 차단해 달라고 애원하고 있다.

'이걸 들으면 안 돼. 이건 영혼을 직접 파괴하는 소리다.'

녀석이 지금까지 질러댄 소리와는 차원이 달랐다. 귀를 막은 내 손가락은 어느새 살 속을 파고들어 귀 자체를 파내려하고 있었다.

스륵……

상처에서 배어난 피가 순식간에 바람을 타고 사방으로 흩어진다.

'위험하다. 어떻게든 정신을 다른 곳으로 돌려야 해.'

나는 터질 듯한 심장에 모든 의식을 집중하며 이 저주의 소리로부터 스스로를 격리시켰다.

그 와중에 변환의 반지의 목소리가 뼈를 타고 머릿속을 울렸다.

─오러가 다시 풀 충전되었습니다.

그 목소리가 나를 다시 수면 위로 끌어 올려주었다. 나는 반사적으로 새로운 고스트 소드를 발동시키며 소리쳤다.

"안 통해!"

그리고 적을 향해 다시 날리며 재차 소리쳤다.

"안 통한다고! 백날 소리를 질러봐라! 내 몸도 이미 너희들과 똑같이 저주받았어! 이 망할 초월체들아! 눈이 있으면 똑똑히 보라고! 지금 내 몸 주변에 휘몰아치는 저주의 흐름을!"

물론 흐름으로 치면 부정체의 주변에 흐름이 압도적으로 거대했지만, 아무튼 내 몸과 정신이 심각한 상태로 오염되었다는 것은 확실하다.

하지만 나는 적과 다르다.

그 모든 오염의 부작용을 컨트롤할 수 있다.

스스로를 부정하는 나.

당장에라도 죽고 싶어 하는 나.

차라리 이대로 세상이 망해 버리길 간절히 바라는 나.

인간이 가진 모든 가치가, 사실은 기만과 거짓 속에 비롯된 위선이라는 것을 깨닫고 있는 나.

'그 모든 게 합쳐져서 바로 나다. 원래부터 가지고 있던 거다. 다만 겉으로 드러나지 않았을 뿐.'

그것을 인정한 순간, 나는 가까스로 귀를 막은 양손을 풀 수 있었다.

처음부터 그랬으니까, 새삼 고통받을 이유도 없다.

그 순간, 휘몰아치는 어둠의 흐름에 변화가 생겼다.

여전히 대다수는 극한의 부정체를 향해 집중되고 있지만, 그 중 일부가 노골적으로 내 몸을 휘감으며 새로운 흐름을 만들기 시작했다.

덕분에 저주 스텟이 회복되는 속도가 더 빨라졌다. 나는 변환의 반지가 미친 듯이 일을 하는 것을 느끼며, 결국 기다리던 '그 순간'이 찾아왔다는 것을 실감했다.

지금부터는 그저 공격이었다.

"소드 스…톰!"

"소드… 스톰!"

"소… 드 스톰!"

"소드 스톰!"

"소드 스톰! 소드 스톰! 소드 스톰! 소드 스톰! 소드 스톰! 소드 스토오오옴!"

한순간 쏟아지는 수백 개의 검은 칼날이, 부정체의 모든 얼굴에 가차 없이 처박히며 작지만 명확한 흔적을 남긴다.

파지지지지지지지지직!

파지지지지지지직!

파지지지지지지지지지지지직!

온몸이 찢겨 나가는 부정체는 더욱 끔찍한 절규를 부르짖기 시작했다.

쿠우우우우오오오오오오오오우우우우오오오!

하지만 소용없다.

나는 이미 스스로의 검고 더러운 것들을 깨끗하게 인정했다.

오직 하나의 목적을 위해서.

"죽어! 죽어라! 이 망할 놈의 초월체! 부정체! 개 같은 쓰레기 놈들아! 돌려내! 내가 잃어버린 지구를 돌려내! 내 눈앞에서 사라진 고향을 돌려내! 내가 결국 지키지 못했던⋯⋯."

나는 이를 갈며 절규했다.

"내 집을 돌려달란 말이야!"

고향에 있던 내 집.

집에 있던 내 가족들.

물론 이제 와서 돌려받을 수 없다는 건 알고 있다.

하지만 내가 무언가 한 가지를 부정해야 한다면, 오직 과거에 벌어진 그 끔찍한 하나를 부정하고 싶었다.

멸망한 지구.

그것을 부정한 순간, 나는 내 몸이 어둠의 흐름과 하나가 되는 듯한 착각을 느꼈다.

'이제 나도⋯ 일종의 부정체가 된 걸까?'

나는 눈물을 흘리며 쓴웃음을 지었다.

하지만 내가 부정체라면, 적은 그것을 초월한 극한의 부정체였다.

<u>오오오우우우우오오오오우우우우오오오오오오오오!</u>

표면이 넝마가 된 녀석은 순간적으로 파장이 다른 절규를 쏟아내기 시작했다.

동시에 주변의 모든 대지가 전율했다.

'부정체를 중심으로 50㎞… 아니, 100㎞ 이상인가?'

그것은 다름 아닌, 녀석이 지면에 내린 뿌리였다.

쿠구구구구구구구궁…….

쿠구구구구구구구구궁…….

콰과과과과과과과과과광!

온 땅이 뒤집어지며, 땅속으로 파고들어 간 모든 뿌리가 지면으로 솟아오른다.

마치 활짝 핀 꽃봉오리가 한순간이 오그라드는 것처럼…….

'뭐지? 뿌리로 거대한 감옥을 만들어서 날 가두려는 건가?'

그렇게 보기엔 뿌리 사이의 간격이 촘촘하지 않다. 제아무리 극한의 부정체라 해도, 100㎞가 넘는 거대한 공간 전체를 완벽하게 밀폐하는 건 물리적으로 불가능하다.

그리고 나는 픕하고 웃었다.

'그래도 아직은 인간인가 보군. 지금 이 상황에서 물리적인 걸 따지고 있다니……'

그러자 정신이 번쩍 들었다. 나는 마지막으로 만든 고스트 소드를 적에게 뿌린 다음, 즉시 몸을 틀어 하늘을 향해 솟구쳐 오르기 시작했다.

'좁혀오는 뿌리의 포위망이 헐거워 보이지만… 실제로는 뭔가 빠져나갈 수 없는 술책이 있을지도 모른다.'

하지만 위쪽은 아직 열려 있다.

하늘로 솟구친 채 오그라드는 뿌리의 속도는 실로 가공할 만했지만, 나는 꽃봉오리의 끝이 닫히기 전에 수십 ㎞의 상공으로 솟아올라 몸을 피할 수 있었다.

그 순간, 거대한 뿌리의 그물이 부정체의 몸을 완전히 감싸며 봉쇄했다.

쿠구구구구구구구구구궁…….

죽음의 나무였던 부정체는, 이제 수천 겹의 나무뿌리로 휘감긴 거대한 석상처럼 변했다.

'마치 고치 같군.'

나는 높은 곳에서 녀석을 내려다보며 끊임없이 고스트 소드를 만들기 시작했다.

'하지만 이 상황에서 내게 여유를 주다니… 네놈의 패배다. 지금 나는 1분 만에 수천 개의 고스트 소드를 만들 수 있다고!'

나는 그렇게 확신했다.

하지만 착각이었다.

갑작스럽게 저주의 회복 속도가 느려지기 시작했다.

그리고 만들어낸 고스트 소드가 300개를 넘기자 유지하는 것이 어려웠다.

"쳇!"

나는 뿌리에 휘감긴 부정체를 향해 300발짜리 소드 스톰을 날렸다.

쉬이이이이이이이이이익!

그리고 뒤늦게 주변의 대기에 저주의 흐름이 희박해졌다는 것을 파악했다.

'너무 높이 올라와서 그런가? 하지만 뭔가 다른데……'

높이는 큰 상관이 없었다.

문제는 부정체가 광범위한 뿌리의 그물망을 거두는 와중에, 자신을 둘러싼 모든 어둠까지 동시에 끌어안았기 때문이다.

덕분에 주변이 환해졌다.

부정체를 중심으로 사방 100여 km의 공간이 깨끗하게 드러났다. 나는 또다시 변하는 부정체를 바라보며 작은 목소리로 중얼거렸다.

"이제… 50퍼센트 정도인가?"

녀석은 이제 보이디아 전역에 퍼져 있던 모든 저주의 절반을 빨아들인 것이다.

"대단하군. 이건… 멋진데?"

나는 변해가는 적의 형태를 관찰하며 웃었다.

적이 아무리 끔찍한 형태로 변한다 해도, 나는 더 이상 녀석이 두렵지 않았다.

50퍼센트는 물론 압도적이다.

하지만 그 50퍼센트는 과연 온전한 절반이라 할 수 있을까?

지금까지 내가 빨아들이고 소모해 버린 저주는 과연 어느 정도일까?

나는 미소를 지으며 천천히 아래로 내려갔다.

"이제 아무래도 상관없어. 남은 50퍼센트… 전부 내가 빨아들여서 돌려주도록 하지!"

*　　　　*　　　　*

　물론 허세였다.

　보이디아에 남은 저주의 힘은 이제 겨우 다시 몰려오기 시작한 수준이다.

　마찬가지로 부정체를 향해.

　덕분에 내가 빨아들일 수 있는 저주의 양은 극히 적었다. 나는 조금이라도 저주가 높은 지표면을 향해 내려가며 빠르게 머리를 굴렸다.

　'무언가 확실한 수단이 필요하다. 보급이 끊기면 전쟁에서 이길 수 없어.'

　생각할 시간은 충분했다. 극한의 부정체는 한 번에 너무 많은 어둠을 빨아들였는지, 변신이 끝날 때까지 고치 속에서 시간이 필요해 보인다.

　그 순간, 먼저 쏘아 보낸 300발의 고스트 소드가 적의 정수리에 내리꽂혔다.

　파지지지지지지지지지직!

　날카로운 칼날의 파편이 두피를 헤집으며 맹렬하게 파고든다. 녀석은 어느 정도 충격을 받은 듯, 거대한 몸을 움찔거리며 찢겨 나간 부분을 복구하기 시작했다.

　'공격 자체는 통한다. 필요한 건 더 많은 화력을 쉴 새 없이 몰아치는 것뿐……'

그래서 이번에는 내가 직접 흐름의 중심이 되었다.

행성의 전역에 고르게 퍼져 있는 저주의 기운을 감지하고, 동시에 내가 있는 곳을 향해 흐름을 끌어들였다.

그것은 중력과 비슷했다.

내가 가진 압도적인 저주의 퍼텐셜을 중심으로, 자잘한 저주의 조각들이 장대한 흐름이 되어 빨려온다.

'극한의 부정체에 비하면 확실히 약하지만······.'

그래도 효과가 있었다. 나는 스스로가 소용돌이치는 저주의 흐름의 중심이 되었다는 것을 느꼈다.

이제 다시, 원래대로 저주가 회복된다.

하지만 부족하다.

전과 같아서는 안 된다. 그것으로는 전보다 더 강해진 적을 상대할 수 없다.

그래서 나는 쿨로다의 세계를 억지로 활용했다.

저주의 흐름도 일종의 바람이라고 가정하면, 사방 1km에 있는 모든 저주를 내 몸의 주위로 집중할 수 있을 것이다.

그 순간, 오른쪽 손바닥에 날카로운 통증이 느껴졌다.

'뭐지?'

그곳엔 바람의 문장이 새겨져 있다.

내 안에 깃든 정령왕 쿨로다의 힘이 내가 원하는 것을 거부하는 걸까?

'정령왕의 힘으로 저주를 모으는 일을 하지 말라는 건가? 웃기지 마. 지금은 그런 거 따질 때가 아니다. 내가 스스로를 더

럽혔듯이 너도 자신을 희생해라. 그게 아니라면⋯⋯.'

나는 부릅뜬 눈으로 문장을 향해 소리쳤다.

"직접 여기 와서 저 괴물을 상대하든가!"

그러자 통증이 사라졌다.

동시에 발동시킨 쿨로다의 세계가 새롭게 작용하기 시작했다. 몰려오는 어둠의 흐름은 순식간에 압축되며 내 몸을 휘감았다. 나는 머릿속이 아찔거리는 것을 느끼며 쓴웃음을 지었다.

'그래. 하면 할 수 있잖아?'

지금까지의 저주의 흐름이 물을 잔뜩 탄 아메리카노였다면, 지금 이 상태는 압축해서 뽑아낸 에스프레소 원액 그 자체다.

문득 커피가 마시고 싶다.

아직 그렇게 생각할 수 있다는 것이 다행이었다. 비록 나약한 생각이라 할지라도⋯⋯.

'나약? 이게 나약하다고?'

그 순간 깨달았다.

내 안에 아직도 남아 있는 부드럽고 약한 인간의 부분이야말로, 지금의 나를 버틸 수 있게 해주는 본질이라는 것을.

고통받기 싫어하는 내가, 더럽혀지기 싫어하는 내가, 싸우기 싫어하는 내가.

편안한 곳에서, 느긋하게 커피를 한잔 마시고 싶어 하는 내가 아직 이곳에 있다.

그러니 상관없다. 내가 아무리 끔찍한 악에 물든 존재가 되더라도…….

그러자 모든 준비가 끝났다. 나는 압축된 저주의 힘을 잔뜩 빨아들였고, 다시금 폭풍처럼 몰아치며 수백 발의 고스트 소드를 쏟아내기 시작했다.

바로 그 순간이었다.

쩌적…….

고치가 된 부정체의 껍질이 갈라지며, 한순간 폭발하듯 사방으로 뿜어냈다.

콰과과과과과과과과과과과과광!

그 탓에 쏟아지던 고스트 소드가 솟구치는 껍질에 막혀 버렸다. 나는 이를 악물고 계속해서 새로운 공격을 퍼부었다.

"어디 한번 끝까지 막아보시지!"

나는 멈출 생각이 전혀 없다.

내가 죽거나, 저것이 소멸하거나, 혹은 보이디아 전체가 저주를 잃고 완벽히 정화될 그 순간까지.

그때였다.

나는 쏟아지는 칼날 너머로 껍질을 벗은 부정체의 새로운 모습을 확인했다.

인간.

새로 태어난 녀석은, 생생한 피부의 질감부터 머리카락까지 모든 것이 완벽한 인간의 조형을 가지고 있다.

'물론 키가 2천 미터쯤 된다는 것을 제외한다면 말이지만…….'

녀석은 자신의 머리로 쏟아지는 무수한 칼날들 올려다보며 입을 벌렸다.

그리고 새까만 입김을 뿜었다.

푸화아아아아아아아아아아아아악!

그것은 어둠의 기운이었다. 수백 개의 고스트 소드를 휘감은 어둠의 기운은 한순간에 폭발을 일으키며 적과 나 사이를 붉게 물들였다.

콰과과과과과과과과과과과과광!

폭발이 사라진 자리엔 아무것도 남아 있지 않았다. 하지만 나는 개의치 않고 계속해서 고스트 소드를 뿌려댔다.

"어디 누가 이기나 해보자고!"

동시에 부정체도 다시 입김을 뿜어냈다. 나는 고스트 소드의 일부를 사방으로 분산시켰다.

'이거라면!'

일부라고 해도 백 발이 넘는다. 덕분에 작열하는 폭발을 비켜난 칼날들이 적의 어깨를 향해 내리꽂혔다.

파지지지지지지지직!

파지지지지지직!

파지지지지지직!

부정체는 살짝 몸을 움츠렸다.

하지만 그것뿐이었다. 찢겨진 어깨에 수천 개의 미세한 촉수가 돋아나며 서로를 연결한다.

'엄청난 재생 속도군.'

나는 전율을 느꼈다.

하지만 진정한 전율을 따로 있었다. 몇 차례 입김을 뿜어내던 녀석은 한순간 몸을 떨더니 눈을 감았다.

'왜 눈을 감지?'

그리고 다시 눈을 뜬 순간, 온몸에서 수천 개의 작은 얼굴이 함께 떠오르며 눈을 떴다.

"……."

나는 경직되었다.

너무도 소름 끼치는 광경이라 몸이 굳은 게 아니다.

무언가 물리적인, 혹은 정신적인 힘이 내 몸을 옥죄기 시작했다.

'터질 것 같아…….'

나는 이를 악물며 온갖 방어 기술을 전개했다.

마치 거대한 거인이 내 몸을 움켜쥐고 쥐어짜는 느낌이다. 나는 억지로 버티며 계속 아래로 추락했고, 결국 극한의 부정체와 정면에서 마주 보는 곳까지 도착하고 말았다.

그 순간, 적은 속박을 풀었다.

동시에 진짜 손을 내밀어 날 움켜쥐려 했다. 나는 속박이 풀림과 동시에 소드 스톰을 연속으로 전개하며 고슴도치처럼 내 몸을 감쌌다.

파지지지지지지지지지직!

구오오오오오오오!

녀석은 괴성을 지르며 손을 뒤로 뺐다. 맨손으로 밤송이를 움켜쥔 충격일 것이다.

하지만 손에 박힌 고스트 소드는 검은 파편을 뿌리며 날뛰는 대신, 가느다란 전류를 퍼뜨린 다음 순식간에 소멸해 버렸다.

'뭐지?'

이유는 단순했다.

적의 피부에는 빼곡하게 얼굴이 돋아 있다. 그 얼굴이 자신에게 박힌 고스트 소드와 함께 자폭하듯 소멸한 것이다.

'저 얼굴들이 방어용이었나?'

그리고 얼굴이 사라진 손바닥엔 다시 촘촘하게 새로운 얼굴이 돋아나기 시작했다. 나는 속이 메슥거리는 것을 느끼며 미친 듯이 소드 스톰을 난사했다.

"언제까지 막을 수 있나 보자!"

그러자 녀석도 검은 입김을 뿜어냈다.

푸화아아아아아아아악!

그리고 폭발이 이어졌고.

콰과과과과과과과광!

다시 고스트 소드의 폭풍이 뿌려졌다.

파지지지지지지직!

파지지지지지지직!

파지지지지지지지직!

나는 미친 듯이 공격을 난사했다.

마치 고스트 소드를 만들어내는 공장이 된 기분이다.

그 와중에 뜨뜻한 것이 코에서 흘렀다. 손등으로 훑자 새까만 피가 잔뜩 묻어 있었다.

'피 색이 왜 이래?'

하지만 그것을 생각하려는 찰나, 적의 온몸에 돋은 얼굴이 두 눈을 번뜩였다.

푸홧!

그것은 빛이었다.

'전이의 각인!'

수천 개의 얼굴이 동시에 전이의 광선을 쏘아냈다.

이건 지독하게 위험하다. 나는 날아오는 광선을 피하는 것에 온 정신을 집중했다.

'한 발이라도 맞으면 모든 게 끝이다!'

그 어떤 다른 것도 지금 이 순간만큼은 의미가 없다. 나는 쿨로다의 세계를 오로지 내 스스로에게 집중하고, 쿨로다의 갑옷과 함께 회피에 전념했다.

피하고.

피하고.

피하고.

또 피했다.

그야말로 찰나의 순간이었다. 실제로 몸을 움직여 궤도를 벗어난 것은 네 발의 광선에 불과했고, 나머지 수천 발의 광선은 그저 텅 빈 허공을 가르며 내가 피할 공간을 차단할 뿐이었다.

그래도 결국 피했다.

"후아⋯⋯."

나는 식은땀이 흐르는 것을 느끼며 적의 상황을 주시했다.

'어떻게 피하긴 피했다. 설마 이걸 계속해서 쏘아댈까?'

그사이 광선을 쏘아낸 수천 개의 얼굴이 눈을 감았다. 녀석들이 다시 눈을 뜨는 순간이 재공격의 타이밍일 것이다.

그래서 나는 다시 공세로 전환했다.

하지만 고스트 소드가 안 먹힌다. 온몸에 돋은 얼굴은 공방 일체의 완벽한 갑옷이었고, 소멸과 동시에 재생산되며 피부가 찢겨 날아가는 것을 미연에 차단한다.

'어떻게 하지?'

약 20초가 지나자, 감고 있던 수천 개의 눈에서 빛이 새어 나오기 시작했다.

'또다시 전이의 광선이 날아온다. 이번에도 피할 수 있을까?'

방금 전에 그것을 피할 수 있던 것은, 적이 피할 수 있도록 틈을 허용하며 쏘아냈기 때문이다.

하지만 적은 바보가 아니다. 분명 두 번째 사격은 약점을 보완해서 빈틈없는 탄막을 만들 것이다.

'어쩌면 두 번째 집중 사격도 피해낼 수 있을지도 모른다. 하지만 결국 같은 과정이 반복될 뿐이다. 소드 스톰을 아무리 퍼부어도 적이 '얼굴'을 재생시키는 속도를 따라잡을 수가 없어. 만약 더욱 빠르게 공격을 퍼부어서 속도를 따라잡는다 해도 그것만으로 치명상을 입힐 수도 없고⋯⋯.'

나는 미칠 듯한 속도로 머리를 굴렸다.

단 한 발만 맞아도 끝장나는 공격을 피해야 하고.

끊임없이 재생하는 절대적인 방벽을 뚫어내야 하며.

존재 자체가 신에 가까운 적의 본체를 소멸시켜야 한다.

'머리가 아프군……'

관념적인 고통이 아니다.

진짜 머리가 아프다. 짧은 시간 동안 너무 많은 생각을 빠르게 진행하니 미칠 것 같았다.

시커먼 코피는 계속 흘러내리고, 눈앞에 보이는 수천 개의 얼굴은 당장에라도 눈을 뜨고 광선을 뿜어낼 것만 같다.

그런데 그때, 적의 몸에 이상한 게 보였다.

'저건 뭐지?'

그것도 일단 얼굴이었다.

하지만 무수히 돋아 있는 다른 얼굴들과는 생김새가 다르다.

레비의 것으로 추정되는 오만하고 뻔뻔한 얼굴과는 달리, 어딘지 멍하고 순박한 얼굴들이 적의 왼쪽 복부에 돋아 있었다.

새로운 얼굴들은 내 쪽을 향해 끊임없이 입을 뻐끔거리며 무언가를 말하고 있었다.

"……"

"……"

"……"

안 들린다.

하지만 의식이 그쪽에 집중된 순간, 겨우 희미한 울림 같은 것을 느낄 수 있었다.

"우우우……."

"우워……."

"우우? 우우우워어?"

목소리가 아니다. 괴상하지만 익숙한 웅얼거림이다.

'설마 이건?'

그리고 깨달았다.

부정체가 지면에 내린 뿌리를 거두어들일 때, 녀석은 자신의 주위에 있던 저주의 기운만 흡수한 게 아니었다.

아이들.

부정체가 거두어들인 공간 안에는 내가 불러일으킨 지하 세계 아이들의 영령까지 함께 있었다.

'설마 흡수된 영령들이 밖으로 빠져나오려는 건가!'

나는 전율하고, 경악했다.

그들을 구해야 한다는 안타까움과 동시에, 이것이 외통수에 몰린 지금 상황을 타개할 유일한 방법이라는 것을 파악했다.

'지독한 놈이군. 문주한. 넌 진짜 지독한 놈이야.'

나는 스스로를 비난하며 그쪽으로 몸을 날렸다.

그와 동시에, 다른 얼굴들이 눈을 뜨며 광선을 날렸다.

푸홧!

하지만 아이들의 얼굴이 돋은 곳에선 광선이 날아오지 않았다. 덕분에 아슬아슬한 안전지대를 확보했고, 그대로 그쪽에 몸을 밀착시키며 소리쳤다.

"미안하다!"

그러자 아이들은 얼굴 너머로 손을 만들어 뻗었다.

어서 오세요.

기뻐하는 얼굴로 그렇게 말하는 것 같다.

그리고 나는, 모여 있는 아이들의 얼굴 한가운데로 고스트 소드를 만들어 찔렀다.

파지지지지지지지지지지지직!

그리고 사라진다.

기뻐하는 아이들이 고스트 소드에 찢기며 처참하게 소멸한다. 나는 소멸하는 아이들을 보며 절규하듯 소리쳤다.

"미안해! 정말 미안하다!"

하지만 그 또한 아이들이 원하는 바였다.

그 자리에 뭉쳐 있던 아이들의 영령은, 마치 암세포처럼 본체의 명령을 거부하며 나를 기다리고 있던 것이다.

이 끔찍한 공간 속에서, 어떻게든 자신을 잃지 않고 나를 위해서……

—어서 오세요.

—여기를 찢고 들어와요.

—여기가 약점이에요.

—기다리고 있었어요.

적의 몸을 뚫고 들어가는 순간, 그곳에 있던 아이들의 목소리가 머릿속에 가득 퍼졌다.

그리고 모든 것이 사라졌다.

대신 온 세상에 부정과 적의만이 가득했다. 나는 극한의 부정체의 몸속으로 파고들어 왔고, 그사이 등 뒤에 뚫린 구멍은 정상으로 돌아온 적의 세포로 채워지기 시작했다.

"…너희들이 세상을 구한 거야."

나는 짧게 중얼거렸다.

이제 남은 것은 내가 가진 모든 힘을 동원해, 적의 내부를 헤집어놓는 것뿐이었다.

가장 먼저 소드 스톰부터 사용했다.

파지지지지지지지지지직!

파지지지지지지지지직!

파지지지지지지지지직!

무언가를 겨눌 필요가 없다.

부정체의 몸속에는 얼굴이 없었다. 사방 천지가 적의 약점이다. 나는 마음껏 고스트 소드를 만들어 미친 듯이 사방으로 뿌려댔다.

"죽어! 죽어! 죽어! 죽어! 죽어버려!"

그러자 널찍한 공간이 생겼다. 나는 한쪽 손으로 오러를 컨트롤하는 한편, 다른 손을 앞으로 뻗으며 정령 마법을 쏟아냈다.

"노바로스의 파도!"

"노바로스의 파도!"

"노바로스의 파도!"

"노바로스의 파도오오!"

*   *   *

내 주변의 모든 세상이 불꽃으로 가득 찼다.

나는 마법을 연속해서 사용하며, 동시에 초 단위로 소멸하는 노바로스의 방벽을 반복해서 발동시켰다.

하지만 마력은 충분했다.

오히려 전보다 더 빠르게 충전되었다. 지금 이곳은 단순한 화염의 지옥이 아니라, 세계의 저주를 끌어들이는 거대한 두 축의 교차점이었다.

나도 끌어들이고, 극한의 부정체도 끌어들인다.

심지어 나는 쿨로다의 세계를 통해 주변의 오러를 집중적으로 독점했다. 부정체가 흡수하는 저주의 힘을 자신의 동력으로 사용하기도 전에, 내가 더 빨리 가로채서 마구잡이로 사용했다.

"이대로 몸속에서 갉아먹고 태워주마!"

나는 악을 쓰며 소리쳤다. 이 와중에 내 목소리가 들리는지는 모르지만, 이 또한 다음을 위한 준비 과정 중 하나였다.

느껴졌다.

적의 몸속에 들어온 순간, 내부의 어딘가에 꽂혀 있는 유체 금속 검의 존재가.

물론 이제 와서 그게 무슨 소용일까? 나는 초 단위로 수십 발의 고스트 소드를 뿜어낼 수 있는데.

'그래도 확보해야 한다. 미리 탈출시켜 놔야 해.'

나는 사방에 불과 칼날을 난사하며, 동시에 유체 금속 검이 박혀 있는 아래쪽으로 더 뚫고 내려갔다.

그때, 부정체의 몸이 크게 울렸다.

쿠구구구구구구구궁…….

동시에 내가 만든 거대한 동굴의 내부에 얼굴이 돋아났다.

'몸속에 얼굴이? 그새 진화한 건가?'

하지만 이곳은 적의 몸속이다. 설마 자기 자신을 향해 전이의 광선을 쏘아댈 수는 없다.

그 대신 얼굴들은 절규하기 시작했다.

고오오오오오오!

우오오우우우우어어!

아아아아아아악!

"뭐래? 아프냐? 안 들려!"

나는 절규를 무시하며 계속 새로운 동굴을 파나갔다. 새롭게 생긴 좁은 굴에도 하나둘씩 얼굴이 떠올랐지만, 나는 실시간으로 떠오르는 얼굴을 찢어발기며 더 깊은 곳으로 파고 내렸다.

그리고 찾아냈다.

일곱 자루의 유체 금속 검 중에 다섯 자루가 같은 자리에 박혀 있었다. 나는 불과 칼로 유체 금속 검을 감싼 조직을 제거한 다음, 하나씩 다시 충전하며 작전을 구상했다.

그때, 위쪽의 동굴에 돋아난 수백 개의 얼굴이 동시에 검은 연기를 뿜어냈다.

후우우우우우욱…….

그리고 일제히 폭발했다.

콰과과과과과과과과과과과광!

위력만 따지면 노바로스의 파도와 비교할 수 없을 만큼 강력했다. 나는 충전을 끝낸 일곱 자루의 유체 금속 검에 동시에 오러 실드를 발동시키며 충격을 막아냈다.

콰과과과과과과과광!

콰과과과과과광!

콰과과과과과과과과과과광!

'자기 몸속인데 잘도 이런 짓을 하는군.'

폭발은 멈출 기색을 보이지 않았다. 나는 유체 금속 검을 앞세워 위쪽으로 날아오른 다음, 넓은 동굴의 한가운데서 새로운 마법을 사용했다.

'아이시아의 입김!'

그러자 모든 것이 얼어붙었다.

쩌적!

그리고 침묵이 찾아왔다. 나는 실시간으로 계속 소모되는 마력을 확인하며 혀를 내둘렀다.

'이게 이 정도의 위력이었나?'

가지고 있는 마력을 전부 소모하는 건 노바로스의 파도와 똑같다.

하지만 이쪽은 마력이 허용되는 한 지속적인 냉기의 분출이 가능했다. 나는 순식간에 얼어붙은 각양각색의 얼굴들을 노려보며 쓴웃음을 지었다.

"얼어붙은 표정이 매력적이군."

그리고 여섯 자루의 유체 금속 검을 사방으로 분출시켰다.

파지지지지직!

칼날들은 동굴 내부의 동결된 조직을 한순간에 관통하며 지나갔다. 그리고 나는 바깥쪽의 온전한 조직을 뚫기 위해, 유체 금속 검 하나마다 고스트 소드를 하나씩 발동시켰다.

'내가 할 수 있는 걸 유체 금속 검이라고 못 할 리 없어!'

실제로 가능했다. 고스트 소드를 앞세운 유체 금속 검은 적의 조직을 무참히 파헤치며 바깥쪽을 향해 돌파했다.

푸화아아아아악!

'좋았어!'

텅 빈 허공으로 빠져나간 유체 금속 검들의 시야가 머릿속에 펼쳐졌다.

하지만 전부 날려 보낸 건 아니었다. 나는 손에 쥔 마지막 한 자루를 치켜들고 위쪽으로 날아올랐다.

"거기구나!"

목표는 적의 머리였다.

그곳에 초월체들의 두뇌 칩이 모여 있다. 밖에선 알 수 없었다. 하지만 직접 몸속에 들어오자 어떤 식으로 부정체의 명령

체계가 작동되는지 느껴졌다.

나는 실시간으로 아이시아의 입김을 뿜어냈고.

쩌저저저저저저적!

한순간 얼어붙어 탄력을 잃은 내부 조직을 고스트 소드의 난무로 박살 냈으며.

파지지지지지지지지직!

그대로 수직 갱도를 파며 위쪽으로 솟구쳤다.

구오오오오오오오오오우우우오오오오오!

그러자 극한의 부정체가 울부짖었다. 어찌나 격렬한 절규인지, 몸속이 초대형 지진이라도 난 듯 흔들렸다.

쿠구구구구구구구구······.

쿠구구구구구궁······.

동시에 내 머릿속에 어떤 감정이 흘러들었다.

두려움.

내가 느끼는 두려움이 아니다.

이것은 극한의 부정체가 느끼는 두려움이었다. 자신이 쏟아내는 모든 공격을 막고, 피하고, 무효로 만들며 기어이 숨통을 죄여 오는 적에 대한 공포였다.

그리고 나는 적이 느끼는 공포마저 빨아들이며 자신의 힘으로 사용했다.

그때, 극한의 부정체가 달리기 시작했다.

쿵··· 쿵··· 쿵··· 쿵··· 쿵······.

발을 내디딜 때마다 지면을 울리는 진동이 느껴진다.

도망치는 것이다.

그것은 단순하고 본능적인 행동이었다. 그저 공포의 대상을 피해 반대 방향으로 달리는 것뿐이다.

물론 무의미한 짓이다.

그 어떤 강력한 존재라 해도 자신의 속에 들어온 적을 상대로 도망칠 수는 없으니까.

공포.

두려움.

절망.

현실 부정.

도피.

절규.

그 모든 부정적인 감정이 적의 몸속에 차고 넘치며 외부의 모든 힘을 빨아들였다.

물론 빨려 들어온 힘의 대다수는 고스란히 내게로 집중됐다. 나는 위쪽을 향한 돌파 작업을 계속하며, 문득 스스로의 능력치를 스캐닝했다.

저주: 214(3,294)

이제는 저 숫자가 어떤 의미를 가지고 있는지도 모르겠다.

실제로는 천천히 오르는 숫자보다 빠르게 오르는 숫자가 더 기묘했다. 나는 눈을 크게 뜨며 올라가는 숫자를 주시했다.

저주: 1,234(3,294)
저주: 2,257(3,294)
저주: 3,269(3,295)

'1초에 거의… 천씩 회복되는 건가?'
그 순간, 머릿속에 경고음이 울렸다.

—과부하가 감지되었습니다. 지금 속도로 변환과 충전 작업을 계속하면 물리적인 손상이 발생합니다.

그것은 변환의 반지의 목소리였다.

확실히 그럴 만했다. 어느 순간부터 내가 소모하는 오러나 마력보다 저주 스텟이 더 빠르게 차오르기 시작했다.

"조금만 더 버텨줘. 이제 조금만……."

나는 이를 악물었다.

광활한 적의 몸속을 돌파해, 이제 목 안으로 진입했다.

조금만 더.

조금만 더 올라가면 된다.

그러면 모든 일의 원흉이자, 모든 것의 종말임을 자처한 것들과 재회할 수 있다.

구멍을 뚫고 오를 때마다, 사방의 벽에서 떠오르는 얼굴들.

그 모든 얼굴을 순식간에 얼리고, 박살 내고, 더욱더 높은 곳으로 뚫고 올랐다.

'좋아. 여기서 1차로 퇴로를 끊는다.'

적의 목덜미의 중심에 닿은 순간, 나는 몸을 웅크리고 상승을 멈췄다.

그리고 고스트 소드를 폭발적으로 만들어내기 시작했다.

100개.

200개.

300개…….

'지금이다!'

더 이상 빈 공간이 없을 정도로 빽빽하게 들어찬 순간, 나는 모든 칼날을 수평 방향으로 발사했다.

파지지지지지지지지지지지지지직!

그것은 폭풍이었다.

무수한 칼날이 퍼져 나가며 더욱 많은 파편을 흩뿌리고, 그 파편들 역시 바깥쪽으로 뚫고 나가며 주변의 모든 조직을 난도 질했다.

그 한순간의 폭발적인 공격으로, 폭이 100미터를 넘는 부정 체의 목이 양단됐다.

푸확!

그러자 주위가 환해졌다.

몸체로부터 절단된 머리가 옆으로 기울어지며 추락했다.

'놓칠 수 없지!'

나는 칼날을 앞세우며 추락하는 머리의 절단면을 향해 전속력으로 돌진했다.

파지지지지지직!

그리고 다시 한번 그 속으로 파고든 다음, 더욱 깊은 중심부를 향해 돌파를 이어나갔다.

파지지지직!

파지지지지직!

파지지지지지직!

작열하는 고스트 소드의 난무 속에 나는 끝이 다가옴을 만끽했다.

이제 얼마 안 남았다.

초월체의 두뇌 칩은 부정체의 몸 안을 자유롭게 이동할 수 있다.

하지만 더 이상은 무리였다. 이제 녀석들은 나와 함께 같은 덩어리 속에 갇혀 버린 신세였다.

"듣고 있나! 썩어 뒈져 버릴 초월체들아! 이 머리통 속이 네 놈들의 무덤이다!"

나는 목이 쉬어라 소리를 질렀다.

잘려 나간 머리통은 더 이상 빠른 재생이 무리인지, 바깥쪽으로 뚫린 구멍조차 막지 못한 채 지면을 향해 추락할 뿐이었다.

그리고 다섯 개의 두뇌 칩은 침묵했다.

더 이상 내가 만드는 구멍에 얼굴을 만들어내지도 못했다. 나는 그중에 가장 강력한 기운을 가진 한 녀석을 향해 방향을 틀었다.

저것이 바로 레비의 두뇌 칩일 것이다.

'조금만, 조금만 더……'

나는 끊어질 듯한 신경을 억지로 다잡았다.

지금 이 순간만큼은, 지금까지의 그 어떤 순간보다 극단적인 집중력이 필요했다.

그렇게 적과의 거리가 가까워졌다.

50미터.

30미터.

10미터…….

바로 그 순간이었다.

우우우우우우우우우웅!

강렬한 진동과 함께 두뇌 칩이 바깥쪽으로 움직이기 시작했다.

다섯 개가 모두 동시에, 서로 다른 방향으로.

'빠르다!'

나는 부정체의 내부를 뚫고 나가야 했지만, 두뇌 칩은 아무런 저항 없이 부드럽게 움직였다.

그렇게 두뇌 칩 모두가 부정체의 머리 밖으로 빠져나간 순간, 눈앞이 붉은색으로 변했다.

그것은 폭발이었다.

콰과과과과과과과과과과과과과광!

몸에서 잘려 나간 부정체의 머리가 통째로 폭발했다.

'이건 예상 못 했는데!'

나는 폭발의 중심부에서 모든 힘을 고스란히 뒤집어썼다.

하지만 몸이 터져 나가는 와중에도 나는 스스로의 방어에 정신을 집중하지 않았다.

처음부터 지금 이 순간을 노리고 있었으니까.

콰직!

콰직!

콰직!

콰직!

콰직!

거의 한순간이었다.

부정체를 탈출한 다섯 개의 두뇌 칩이 동시에 쪼개졌다.

유체 금속 검에 의해.

미리 밖으로 빼돌린 유체 금속 검은 바로 이 순간을 위해서였다. 나는 적의 몸을 종단하는 와중에도, 바깥에 있는 유체 금속 검을 계속 컨트롤하며 이 한순간을 노렸다.

파지지지직!

반으로 쪼개진 두뇌 칩은 뒤를 이어 휘몰아치는 검은 전류에 휘감기며 산산조각으로 분해됐다.

특히 레비의 두뇌 칩은 형체조차 남지 않았다. 동시에 두 자루의 유체 금속 검이 교차하듯 파고든 결과였다.

파지지지지지지지지직!

파지지지지지지지지직!

그 순간, 머릿속에 변환의 반지의 목소리가 들렸다.

―수고하셨습니다.

그리고 반지가 폭발했다.

여전히 내 몸을 휘감고 있는 거대한 폭발에 비하면 그야말로 새 발의 피도 안 되는 작은 폭발이다.

하지만 그 어떤 폭발보다 내 가슴을 울렸다. 나는 텅 빈 주먹을 움켜쥐며 얼굴에 가져가 댄 채 중얼거렸다.

"그래, 수고했다."

그걸로 끝이었다.

폭발이 걷히고 다시 드러난 세상은 언제 그랬나는 듯 환하게 빛나고 있었다.

"끔찍하군……."

나는 추락하는 와중에 중얼거렸다.

어둠이 걷히고 환하게 드러난 세상은 말 그대로 끔찍했다. 흙먼지와 바위만 가득한, 황량하고 텅 빈 죽음의 땅이 끝없이 펼쳐져 있었다.

앞으로 이 땅에 다시 올라올 지하 세계의 아이들에겐 고생길이 열린 셈이었다. 나는 쓴웃음을 지으며 천천히 고개를 저었다.

'그래도 땅속보다는 좋겠지. 내가 여러 가지로 도움이 될 수 있을 것 같은데…….'

하지만 그것은 아마도 불가능할 것이다.

저주를 제외한 모든 특수 스텟이 텅 비었다.

마지막 자폭 공격을 막느라 모든 힘을 다 써버렸다. 그 상태로 나는 약 1.5㎞ 아래에 펼쳐진 지상을 향해 추락하고 있었다.

물론 추락 자체는 큰 문제가 아니다.

아무리 상처가 심각하다 해도 내 육체는 매우 튼튼하니까.

진짜 문제는 목이 잘려 나간 부정체의 남은 몸뚱이였다. 컨트롤하는 두뇌를 잃은 녀석은 자폭으로 마무리한 자신의 머리와 똑같은 길을 선택하고 있었다.

터진다.

곧 터진다.

잘려 나간 머리와는 비교조차 할 수 없는 거대한 폭발이 이제 몇 초 후면 내 몸을 휘감을 것이다.

극심한 부상을 입고, 모든 힘을 다 써버린 내 몸을…….

· 125장 ·
마지막 선택

하지만 딱히 고통스럽진 않았다.

'괜찮아. 이거면 충분하지 않나?'

문득 그런 생각이 든다.

해냈다.

나는 내가 해야 할 일을 모두 다했고, 이제는 죽어도 여한이 없다.

"……."

나는 말없이 폭발 직전에 부풀어 오르는 부정체의 몸을 노려보았다.

정말일까?

정말 이거면 된 걸까?

'웃기지 마! 여한이 없긴 뭐가 없어! 지금 내가 죽으면 시공간의 주머니에 들어 있는 스텔라는 누가 꺼내줄 거냐! 안 죽어! 절대 안 죽어! 살아 돌아가서 박 소위와 규호를 끌어안고 전부 말해줄 거다! 내 입으로! 여기서 무슨 일이 있었는지 하나씩 다 풀어놓을 거다! 술도 한잔하고, 커피도 한잔하면서! 전부 이야기하려면 일주일이 걸려도 모자랄 테지만!'

그럴 리가 없다.

살아야 한다.

비록 오러도 없고, 마력도 없고, 변환의 반지도 없으며, 남은 게 하나도 없을지라도…….

'정말 하나도 없다고 생각하나?'

나는 생각했다.

그리고 생각을 가속했다. 그러자 아껴놓은 재산이 하나씩 떠올랐다.

퀘스트1: 신성제국을 무너뜨려라(최상급) − 성공!
퀘스트2: 보이디아 차원의 큐브를 파괴하라(???) − 성공!

'초월체의 두뇌 칩은 소멸했다. 하지만 아직 퀘스트가 남아 있는 걸 봐서는…….'

내 안에 깃든 초월체의 일부가 아직 작동하고 있다. 나는 즉시 스텟창에 있는 퀘스트 1번의 성공 표시에 정신을 집중했다.

그러자 새로운 문장이 떠올랐다.

[퀘스트 성공. 보상을 고르시오.]

[보상은 아래 두 가지 중에 하나를 고를 수 있다.]

[1. 기본 능력의 상승]

[2. 특수 능력의 상승]

여기서부터가 문제다.

대체 무엇을 선택하면 생존이 가능할까?

'최상급 퀘스트의 성공 보상은 스텟의 최대치를 80 높여준다. 물론 그만큼 현재 스텟도 회복될 테고…….'

당장 떠오른 건 오러다.

일단 꺼진 오러를 다시 발동시키고, 오러 실드를 전개하는 것만으로도 강력한 방어력을 확보할 수 있다.

하지만 마력도 아깝다.

물론 노바로스의 방벽은 단순한 방어력으론 오러보다 떨어진다.

하지만 화염과 열기만큼은 독보적인 저항력을 가지고 있다. 거기에 노바로스의 강화를 쓰면 약 50%의 추가적인 스텟을 얻을 수 있다.

물론 올라가는 스텟의 핵심은 내구력이다. 추가로 아이시아의 방호를 사용하면 내구력 300이 확보된다.

'하지만 아이시아의 방호는 50의 마력이 든다. 노바로스의 방벽과 강화를 동시에 사용할 수 없어. 회복되는 건 80뿐이

니……'

그렇다면 쿨로다의 세계를 활용해, 짧은 순간 최대한 멀리 도망가는 방법도 있다.

하지만 대단히 위험하다.

80의 마력으로 유지할 수 있는 시간은 매우 짧다. 거기에 폭발의 범위가 대체 얼마나 넓을지는 예측조차 할 수 없다.

'이 정도로 압축된 저주가 한 번에 폭발하면… 폭발 반경이 100㎞를 넘을지도 모른다.'

반면 쿨로다의 세계는 1초에 10의 마력이 소모된다. 아무리 빨라도 8초 동안 100㎞를 날아가는 건 불가능하다.

그 와중에도 부정체의 몸은 더욱 크게 부풀어 올랐다. 나는 1분을 60초로 나누듯, 1초를 60개의 조각으로 쪼개며 두뇌를 풀가동했다.

'더 빨리, 생각을 더 빠르고 정확하게……'

여기서 중요한 건, 어쨌든 마법을 쓰려면 대량의 스텟이 필요하다는 것이다.

그리고 난이도를 측정할 수 없는 또 하나의 퀘스트 보상이 남아 있다.

만약 이 퀘스트의 보상으로 최상급의 두 배에 달하는 스텟을 회복시킬 수 있다면?

'그걸로 마력을 회복하고, 최상급의 보상으로 오러를 회복하면 된다. 좋아. 더 이상 시간이 없어. 생각과 동시에 행동해야 한다.'

나는 먼저 띄워놓은 보상창에서 의식을 지웠다.

대신 물음표로 표시된 2번 퀘스트의 보상창을 띄웠다. 그리고 곧바로 특수 능력을 선택했다.

그러자 새로운 창이 떠올랐다.

[특수 능력은 아래 세 가지 중에 하나를 높일 수 있다.]
[1. 오러]
[2. 마력]
[3. 신성]

'마력! 마력! 마력!'

그러자 눈앞에 떠 있던 문자들이 사라지며 시야가 깨끗하게 돌아왔다. 나는 실시간으로 띄워놓은 스텟창을 확인했다.

마력: 408(805)

'뭐?'

한 방에 마력의 최대치가 400이 올랐다.

너무 엄청난 스텟이다. 나는 이 급박한 상황에도 무려 60분의 5초 정도 경악했다.

'이걸 미리 받았으면 부정체와의 전투가 훨씬 쉬워졌을지도……'

하지만 지금은 후회할 때가 아니다.

어쨌든 갑작스러운 급상승에 마음에 여유가 생겼다. 덕분에 내가 가진 또 하나의 재산이 떠올랐다.

'유체 금속 검에는 아직 오러가 들어 있다. 컨트롤을 풀었더니 나와 같은 속도로 추락하고 있는데…….'

덕분에 별로 멀지 않은 곳에 있었다. 나는 의식의 일부를 유체 금속 검으로 돌리며 전속력으로 내 쪽으로 불러들였다.

'잘하면 폭발 전에 타이밍을 맞출 수 있다. 문제는 유체 금속 검에 남은 오러를 어떻게 활용할지다.'

유체 금속의 오러는 회수가 가능하다. 나는 오러를 회수해서 직접 사용할지, 아니면 유체 금속 검에 오러 실드를 발동시켜 또 하나의 방벽으로 활용할지를 고민했다.

고민에는 60분의 3초 정도의 시간이 걸렸다.

그사이, 부풀어 오르는 부정체의 표면에 붉은 기운이 번지기 시작했다. 나는 재빨리 최상급 퀘스트에 정신을 집중하며 보상을 진행했다.

'특수 능력! 오러!'

그러자 예상대로 80의 오러가 상승했다.

오러: 80(884)

'좋아. 80이면 기본적인 것들은 대부분 할 수 있다. 그런데 마력도 그렇고… 이젠 특수 스텟이 올라도 레벨이 함께 오르지 않는군.'

저주 스텟이 극한으로 오르며 오를 수 있는 레벨은 전부 올라 버린 모양이다. 나는 약간의 아쉬움을 느끼며 최종적인 생존 계획을 완성했다.

가장 먼저 300의 마력을 투자해서 거대한 얼음집을 만들었다.

'아이시아의 집!'

콰드드드드드드드드득!

일부러 집의 천장 부분이 적을 향해 가도록 만들었다. 그걸로 잠시 동안의 시간을 번 다음, 날아오는 유체 금속 검을 컨트롤해 7중의 오러 실드 장벽을 전개했다.

파지지지지직!

그리고 오러를 발동시키고, 고스트 소드 한 자루를 만든 다음 오러 실드까지 전개했다.

그다음으로 남는 마력을 활용해 추가적인 스텟을 얻었다.

'아이시아의 방호!'

그걸로 300의 내구력이 상승했다.

이걸로 모든 준비가 끝났다.

나는 새하얀 얼음집의 벽면을 바라보며, 마지막으로 혹시나 방어에 도움이 될 만한 저주 마법이 있는지를 검색했다.

'대부분이 사령이나 시체… 정신적인 효과에 치우쳐 있다. 어쩔 수 없군. 이젠 하늘에 맡기는 수밖에.'

그리고 폭발이 일어났다.

1차로, 아이시아의 집은 6분의 1초도 버티지 못했다.

그야말로 순식간이었다.

하지만 마음의 준비를 할 수 있는 소중한 시간이기도 했다. 나는 몰려오는 화염과 폭발을 노려보며 유체 금속 검의 위치를 미세하게 조절했다.

그리고 2차로, 오러 실드를 전개한 일곱 자루의 유체 금속 검이 소멸했다.

그것은 말 그대로 '소멸'이었다. 폭발의 힘은 내가 예상했던 차원을 한참 넘어서고 있었다.

보다 강하게.

점점 더 빠르게.

그리고 3차로 몸을 덮고 있던 어둠의 망토가 사라졌다.

어둠의 망토는 내가 발동시킨 게 아니라 자동으로 걸려 있는 '효과'다. 때문에 저주 스텟이 아무리 많이 남아 있어도 실시간으로 다시 구축하는 게 불가능했다.

마지막 4차로, 내가 전개한 오러 실드를 덮쳤다.

파지지지지지지지직!

동시에 그것도 소멸했다.

'끝인가?'

바로 그 순간, 나는 죽음을 예감했다.

저 화염이 내 몸에 닿는 순간.

저 폭발의 범위에 내 몸이 들어가는 순간.

죽는다.

반드시 죽는다. 그것은 피할 수 없는 미래였고, 숨길 수 없는 현실이었다.

'이렇게 짧은 시간에 최선을 다해 노력했는데……'

너무도 압도적인 힘 앞에서는 한계를 초월한 두뇌 활동도 무색했다.

하지만 진짜 죽음을 눈앞에 두자, 생존을 위한 또 한 번의 가속이 시작되었다.

방법을 찾아라.

방법을 찾아라.

방법을 찾아라…….

'아니, 잠깐.'

나는 60분의 3초 후에 내 몸에 닿을 화염을 노려보며 생각했다.

'아직 시공간의 축복이 하나 남아 있다. 죽어도 한 번은 5분 전으로 돌아갈 수 있어.'

눈앞에는 여전히 붉은 숫자로 1이 떠 있다. 나는 60분의 2초 후에 내 몸에 닿을 화염이 내 피부를 태워 버리는 것을 느끼며 계속 생각했다.

'5분 전에 나는 뭘 하고 있었지?'

분명 최종 형태가 된 극한의 부정체 속에 난입해, 몸속을 헤집으며 위쪽으로 상승하고 있었을 것이다.

'그래. 거기서부터 다시 하면 된다. 다시 적의 목까지 돌파하고, 적의 목을 날려 버리고, 머릿속에 고정시킨 두뇌 칩을 최대한 위협해서 밖으로 탈출시키는 거야. 그리고 대기하고 있던

유체 금속 검으로 녀석들을 한 번에……'

나는 거기서 생각을 멈췄다.

안 된다.

물론 될 수도 있다.

하지만 그때 내가 거둔 성공이 요행이 아니었다는 것을 어떻게 알 수 있을까?

5분 전의 나는 지금의 나와 달랐다.

당시의 나는 초월체의 두뇌 칩을 어떻게든 한 번에 파괴하기 위해 말 그대로 극한의 집중력을 발휘하며 외부에 있는 유체 금속 검을 컨트롤했다.

하지만 지금은 모든 게 끝났다. 나는 이미 세상을 구했고, 지금은 오직 생존을 위해 필사적으로 발버둥 치고 있을 뿐이다.

이런 상황에서 과연 내가 5분 전으로 다시 돌아가 똑같은 성공을 거둘 수 있을까?

'만약 실패하면 어떻게 하지? 두뇌 칩이 부정체의 몸을 빠져나간 그 순간에 파괴하지 못하면? 시간을 주면 전이의 각인으로 다른 차원으로 도망쳐 버릴 수도 있을 텐데?'

그건 안 된다.

지금 내겐 다른 차원으로 도망친 초월체의 두뇌 칩을 추격할 능력이 없다.

설사 긴 시간을 들여 찾아낸다 해도, 그사이 녀석들이 어떤 극단적인 선택으로 제2의 부정체를 만들어낼지 알 수 없다.

'그건 안 돼. 지금 내가 여기서 죽더라도 그런 선택을 할 수는 없다.'

그래서 나는 깨끗하게 죽음을 선택했다.

아니, 죽음을 선택하려 했다. 어차피 60분의 1초 후에 내 몸에 닿을 화염을 피할 방법은 없으니까.

나는 마음속으로 소리쳤다.

'더 이상 시공간의 축복은 필요 없다! 되살리지 마! 5분 전으로 돌아가면 모두가 멸망할지도 모른다!'

하지만 그들이, 내 몸속에 깃든 초월체의 일부가 내 말을 들어줄 것인가?

그때, 누군가 머릿속에서 말했다.

―정말 방법이 없나?

누구의 목소리인지는 모르겠다.

스텔라의 목소리 같기도 했고, 박 소위의 목소리 같기도 했으며, 규호의 목소리처럼 들리기도 했다.

어쩐지 레비의 목소리처럼 느껴졌고, 레빈슨의 목소리처럼 느껴지기도 했다.

그래서 나는 다시 생각했다.

방법이 없을까?

아니, 있다.

이미 생각해 냈는데 너무 빠른 시간의 흐름 속이라 의식의 표면으로 불러오지 못했을 뿐이다.

내가 죽어서 5분 전으로 다시 돌아가는걸 포기한 이유…….

'전이의 각인!'

나는 피부가 검게 탄 오른손을 내 쪽으로 내밀었다.

이걸 여기서 사용하면 앞으로 일주일 동안은 레비그라스로 돌아갈 수 없게 된다.

물론 쓸데없는 걱정이다. 지금 그냥 가버리면 되니까.

그러자 말 그대로 '광속'으로 문장이 떠올랐다.

[이동할 목표를 떠올려 주십시오.]

나는 레비그라스의 도시인 뱅가드를 떠올렸다.

[목표는 레비그라스로 설정됐습니다. 다만 차원 전이는 200의 마력이 필요합니다. 마력 부족으로 발동이 불가능합니다.]

'…뭐?'

순간 가슴이 철렁 내려앉았다.

결국 지금까지 했던 그 모든 헛짓거리만 아니었더라도, 마력을 온존한 채 전이의 각인으로 깔끔하게 빠져나갈 수 있었을 것이다.

'이런 빌어먹을…….'

나는 속으로 탄식했다.

하지만 아직 죽지 않았다. 나는 눈앞의 화염에 망막이 타버릴 듯한 기분을 느끼며 다시 생각했다.

'다른 차원으로 전이하는 데는 대량의 마력이 필요하다. 하지만 같은 차원이라면? 같은 행성 안으로 전이한다면 그만큼 마력이 덜 들지 않을까?'

그래서 나는 즉시 보이디아 행성의 다른 곳을 떠올렸다.

끝없이 펼쳐진 황폐한 대지는 처음부터 고려 대상이 아니었다.

내가 떠올린 곳은 지금 이 행성에서 그나마 가장 안전하다고 느껴지는 곳이었다.

*　　　　*　　　　*

"그렇게 됐구나."

스텔라는 거점의 천장을 올려다보며 한숨을 내쉬었다.

나는 그녀가 시공간의 주머니 속에 들어가 있던 동안의 이야기를 짧게 끝냈다. 스텔라는 후련함과 허무함이 교차하는 얼굴로 날 바라보았다.

"정말 수고했어, 주한. 네가 모든 세계를 구한 거야."

"아직 실감이 나질 않아."

나는 붕대로 감싼 양팔을 보며 어깨를 으쓱였다.

상처 회복 포션이 바닥난 관계로, 끔찍한 화상의 본격적인 치료는 레비그라스로 돌아간 다음으로 미룰 수밖에 없었다.

"이상하게 머리가 멍해. 대충 무슨 일이 있었는지는 알겠는데… 세세한 디테일은 잘 기억이 안 나."

"걱정 마. 천천히 회복될 테니까. 그냥 머리를 너무 써서 그래. 일시적인 현상일 거야."

"그러면 좋겠지만……."

나는 멀리서 분주하게 움직이는 아이들을 보며 입을 다물었다.

김 소위는 자신의 돌침대를 옆으로 밀어낸 다음, 그 아래 봉인해 놓은 숨겨진 지하실에서 온갖 짐들을 꺼내고 있었다.

짐의 대부분은 특수 금속으로 만들어진 거대한 상자였다, 어찌나 거대한지, 덩치 큰 아이들 20명이 달라붙어도 운반이 불가능할 지경이었다.

그 탓에 실제로 일을 하고 있는 것은 슌, 한 명뿐이었다.

"넌 좀 쉬고 있어라, 주한. 세상을 구했는데 이런 허드렛일까지 시킬 수는 없지."

나도 돕겠다고 했지만 단칼에 거절당했다. 스텔라는 빙긋 웃으며 내 어깨 위에 자신의 양손을 포갰다.

"당신 덕분에 저 아이들이 지상에 적응하는 게 빨라질 거야. 당신이 보이디아에 가득한 저주를 몽땅 빨아들여 버렸으니까."

"지금 생각해 보면… 바람의 동굴에서 했던 수련이 도움이 됐던 것 같아."

"바람의 동굴?"

"바람의 정령왕의 동굴 말이야. 거기서 풍혈의 마나를 끝도

280 리턴 마스터

없이 흡수하며 소모했는데… 그때의 기억이 무의식적으로 도움이 됐을 것 같아."

"정령왕이 미래를 예상한 걸까?"

"그런 건 아닌 것 같지만……."

나는 잠시 생각하다 고개를 저었다.

"아무렴 어때. 지금은 답을 알 수 있는 것들만 생각하고 싶어. 머리가 나빠진 것 같아."

"일시적이라니까? 정신력이 100을 돌파한 사람이 너무 엄살 부리지 마. 그보다 아프지 않아?"

"아파. 온몸이 욱신거려. 지금 정신력으로 컨트롤하는 거야."

"거봐, 당신 머리는 멀쩡해."

스텔라는 미소를 지으며 내 어깨에서 몸을 뗐다. 나는 떨어지는 그녀의 몸을 잡고 품속으로 다시 안았다.

"괜찮아. 안 아프니까 떨어지지 않아도 돼."

"방금 아프다며?"

"이렇게 하는 게 정신력에 도움이 돼. 그보다도……."

나는 허공에 팔을 뻗으며 전이의 각인을 발동시켰다.

"……."

물론 각인은 꼼짝도 하지 않았다. 나는 한숨을 내쉬며 말을 이었다.

"레비그라스로 돌아가려면 6일은 더 기다려야겠네. 그쪽은 괜찮을까?"

"당연히 괜찮지 않겠어? 당신이 공허 합성체는 물론이고 극한의 초월체까지 몽땅 해치웠잖아?"

"하지만 세상을 덮은 어둠의 기운은 여전할 테니까. 그리고 각인 능력도 몽땅 사라졌을 테고."

스텔라와 슌을 스캐닝한 결과, 그들이 원래 가지고 있던 언어의 각인이 사라진 상태였다.

다행히 내 언어의 각인은 멀쩡했기 때문에 대화에 문제는 없었다. 다만 스텔라와 슌은 서로 말이 통하지 않아 다소의 불편함을 감수해야 했다.

원인은 물론, 내가 초월체의 두뇌 칩을 몽땅 파괴해 버렸기 때문일 것이다.

아니면 두뇌 칩이 큐브의 봉인에서 풀린 순간, 자신들이 내린 축복을 전부 거두어들인 걸 수도 있다.

어쨌든 지금 레비그라스는 서로 말이 통하지 않는 아수라장이 펼쳐졌을 것이다. 나는 곤혹을 치르고 있을 박 소위와 동료들을 떠올리며 쓴웃음을 지었다.

스텔라는 내 눈을 보며 말했다.

"레비그라스는 잘해 나갈 거야. 오히려 그쪽이 당신을 더 걱정하고 있을걸?"

"빨리 돌아가서 알려주고 싶어. 이제 다 끝났다고. 더 이상 두려워할 필요가 없다고."

"걱정 마. 6일은 금방 지나갈 테고, 그사이에 레비그라스도 별일 없을 거야. 공허 합성체의 소환도 멈췄을 테니 당장 위험할 일이 있겠어?"

"적이 갑자기 사라지는 것도 위험해."

"응?"

"기억 나? 레빈슨이 마지막까지 빼돌린 지구인들 덕분에 겨우 버티고 있던 거."

"맞아. 그랬어."

"하지만 갑자기 적이 사라지면 어떻게 될까? 더 이상 싸울 필요가 없게 된 지구인들이 그 강력한 힘으로 문제를 일으키지 않을까? 자기가 왕이 된다고 나선다든가, 마음에 안 드는 레비그라스인을 공격하기 시작한다든가……."

그 순간, 스텔라가 입술로 내 입을 막았다.

"…답을 알 수 있는 것들만 생각하고 싶다며?"

그녀는 30초 만에 입을 떼며 미소를 지었다.

"그럼 걱정은 그만둬. 신도 일주일 만에 세상을 만들었다고 하잖아? 6일이면 아직 별일 없을 거야."

"실제로는 6일 동안 만들고 하루를 쉬었지. 그리고 이미 하루가 지나서 7일 맞아. 아, 그러고 보니……."

나는 눈살을 찌푸리고 있는 그녀를 보며 화제를 돌렸다.

"당신 말이야."

"나?"

"16만 년 전에 처음으로 지구에 왔잖아? 혹시 인류 문명의 발전에 뭔가 기여한 거 아냐? 신처럼 대접받았다던가?"

스텔라는 눈을 크게 떴다. 그러고는 이상하다는 표정으로 대꾸했다.

"전에 말했잖아. 그냥 섞여 있었다고."

"아무 일도 안 했어?"

"아무것도 안 했어. 그냥 같이 살았지."

"당신도 선구자였잖아? 힘은 사라졌어도 지식은 남아 있을 텐데?"

"그 지식을 활용할 수 있는 세계가 아니었어. 물론 할 수 있더라도 안 했을 거야. 선구자가 되었던 걸 후회했으니까."

"그럼 앞으로는?"

나는 그녀의 눈을 마주 보며 물었다.

"앞으로는 어떻게 돼?"

"전과 마찬가지야. 그냥 섞여 있는 거지. 물론 당신이 사라질 때까지는 함께 있을게. 그래도 된다면."

"당연히 그래줬으면 좋겠어."

나는 먼저 입을 맞추며 말했다.

"함께 있어줘. 어느 차원이든. 어느 시간이든. 만약 당신이 보이디아에 남길 원한다면 나도 여기 남을 거야."

"보이디아? 왜?"

"그냥… 어쩌면 여기 남고 싶을지도 모른다는 생각이 들어서."

"그럴 리가."

스텔라는 내 표정을 따라 하며 쓴웃음을 지었다.

"왜 그런 생각을 했어? 책임감 때문에? 지하 세계의 아이들 때문에?"

"그런 것도 있고. 원래 여긴 당신의 세계였으니까."

"이젠 다 잊어버렸어. 물론 여기 아이들이 가엾긴 하지만……"

스텔라는 신이 나서 마구 뛰어다니는 아이들을 가만히 보며 고개를 저었다.

"여긴 내가 있을 곳이 아니야. 나는 저 아이들 사이에서 다시 태어날 자신이 없어."

"너무 원시인 같아서?"

"아니, 부끄러워서. 우리가 그런 욕심만 부리지 않았더라도……"

그러고는 입을 다물고 침묵했다. 나는 그녀의 머리를 가볍게 쓰다듬으며 화제를 바꿨다.

"그럼 앞으로 어디서 살까? 레비그라스? 아니면 지구?"

"당신 좋을 대로 해. 그런데 지금 레비그라스로 돌아가면 얼마나 시간이 지나 있을까?"

"처음은 괜찮아. 내가 오비탈 차원에 다녀왔을 때도 처음에는 시간이 별로 차이가 안 났어."

"맞아. 두 번째가 문제였지."

"그러니 이번에도 괜찮을 거야. 보이디아는 처음이니까."

"그러면 다음에 선택하는 곳에서 계속 살아야겠네. 왔다 갔다 하는 건 불가능하니까."

나는 고개를 끄덕였다. 스텔라는 잠시 생각하다 빙긋 웃으며 말했다.

"당신은 분명히 레비그라스를 선택할 거야."

"왜?"

"박 소위와 규호가 거기 남아 있을 테니까."

"그건… 그렇지."

"그리고 지구는 싫을 테니까."

"그건 왜?"

"지금 지구는 당신의 지구가 아니니까. 그렇잖아?"

스텔라는 천천히 눈을 깜빡였고, 나는 천천히 고개를 끄덕였다.

"맞아. 거긴 내 지구가 아니야."

"그러니 마음 가는 대로 편하게 살자. 이제 와서 문명을 그리워하는 것도 아닐 테고."

"문명을 원한다면 오비탈 차원에서 살았겠지. 거긴 엄청나다고."

나는 피식 웃으며 비샤와 루나하이의 얼굴을 떠올렸다. 그런데 어쩐지 얼굴 윤곽이 정확히 떠오르지 않았다.

그러자 스텔라가 한쪽 눈을 작게 뜨며 물었다.

"방금 다른 여자 생각했지?"

"…어떻게 알았어?"

"나도 여자니까."

"아, 미안. 앞으로 주의하지."

"…아니야."

스텔라는 그녀답지 않게 킥, 하고 웃으며 고개를 저었다.

"농담이야. 상관없어. 모든 차원을 구원한 영웅을 내가 어떻게 혼자 속박하겠어?"

"속박해 줘. 그게 좋으니까."

"정말?"

"응. 그런데 이거 큰일인데?"

"왜?"

나는 손으로 머리를 두드리며 눈살을 찌푸렸다.

"정말 머리가 나빠졌나 봐. 기억이 뚜렷하게 떠오르지 않아. 오비탈 차원에서 있던 일들도……."

"기억이 안 나?"

"아니, 기억은 나는데 자세한 디테일이 뚜렷하게 안 떠올라."

"주한, 인간은 원래 그래."

스텔라는 내 머리를 천천히 쓰다듬으며 말했다.

"원래 그렇게 모든 걸 정확히 기억할 수 없어. 만약 그랬다면 나는 수만 년 전에 미쳐 버렸을 거야."

"…그럴까?"

"날 믿어. 당신은 잠시 동안 극한의 상황을 돌파하기 위해서 말도 안 되는 천재가 되었던 거야. 정상으로 돌아오니 지금의 자신이 부족하게 느껴지는 거고."

"그렇다면 다행인데……."

나는 어리광을 피우는 느낌으로 계속 투정을 부렸다.

"그래도 불안해. 부정체와 싸웠던 순간순간이 명확히 떠오르지 않는 게. 어쩌면 내일이 되면 지금 당신과 나눈 이야기도 잊어버릴지 몰라."

"정 그렇게 걱정되면……."

그녀는 내 머리의 한가운데를 손가락으로 꾹 누르며 말했다.

"일기라도 쓰는 게 어때? 그러면 잊어버려도 걱정 없잖아?"

*   *   *

"정말 여기 남을 건가?"

"그렇다니까?"

슌은 귀찮다는 얼굴로 눈을 흘겼다.

"진짜 머리가 나빠진 건가? 몇 번이나 물어봐야 속이 시원하겠어?"

"이번이 마지막이다. 잠시 후에 돌아갈 거니까."

"벌써 일주일이 지난 건가? 잘됐군. 빨리 가버리라고."

슌은 기계 같은 손놀림으로 지하 세계의 아이들이 입을 옷을 만들고 있었다. 나는 고작 일주일 사이에 우주선의 내부 공간처럼 변한 거점을 둘러보며 물었다.

"책임감을 느끼는 건가?"

"책임감 좋아하시네. 그런 게 아니야."

"그럼?"

"그냥 여기가 편해. 남들의 시선이 신경 쓰이지 않고."

"시선이라니?"

"레비그라스는 전신 사이보그 인간이 살기에 좋은 곳이 아니야. 다들 쳐다본다고."

"그럼 오비탈 차원은? 일단 이번엔 레비그라스로 함께 돌아가고, 다음번에 차원의 문을 열어서 오비탈로 보내줄 수 있어."

"오비탈이라……."

슌은 구미가 당기는 얼굴로 잠시 생각하다 고개를 저었다.

"됐어. 그냥 여기 남는 게 좋을 것 같아. 여기 아이들은 생명이 넘쳐. 생명이 없는 나도 살아 있는 것처럼 느껴질 정도로."

"확실히 그래. 대단한 아이들이지."

나는 김 소위가 챙겨준 생수병 3개 분량의 혈청을 기억하며 말했다.

"그리고 강해. 보이디아는 분명 다시 일어날 거야. 김 소위가 확실히만 해준다면."

"그건 내가 감시하도록 하지. 쓸데없는 걱정이겠지만."

슌은 한쪽 어깨를 으쓱였다. 아무래도 내가 없는 사이, 두 사람은 자신들만의 강한 유대감을 쌓은 모양이었다.

나는 오른손을 내밀며 말했다.

"그럼. 나중에 다시 보자."

"그래. 그럴 일은 없겠지만."

슌은 악수를 받았다. 나는 쓴웃음을 지으며 고개를 저었다.

"얼굴 보는 건 어렵지 않아. 차원의 문을 열어놓고 빠르게 왔다 가면 되니까."

"굳이 그럴 필요 없어. 이쪽 걱정은 말고, 너는 레비그라스나 잘 챙기라고."

슌은 악수를 풀고 다시 의복 제작에 전념했다. 나는 그를 잠시 바라보다 이내 몸을 돌리고 허공을 향해 손을 뻗었다.

"차원의 문."

그러자 눈앞에 새로운 문장이 떠올랐다.

[지금부터 차원의 문을 사용합니다. 시전자는 연결할 차원을 선택해 주십시오. 선택할 수 있는 것은 지금까지 '우리'가 발견한 모든 차원에 해당합니다.]

그리고 선택문이 떴다.

[1. 보이디아]
[2. 오비탈]
[3. 레비그라스]
[4. 지구]

나는 심호흡을 하며 3번을 골랐다.

[시전자는 레비그라스 차원에 가본 적이 있습니다. 때문에 도착 지점을 따로 지정할 수 있습니다.]

"그럼 뱅가드."

마지막에 저항군이 버티고 있던 '켈리런'이란 도시는 이미지가 정확하지 않았다.

물론 두 도시 사이엔 상당한 거리가 있다. 하지만 지금의 나라면 금방 도착할 수 있을 테니 상관없었다.

[차원의 문은 최소 1분에서 최대 3시간까지 열어둘 수 있습니다. 1분을 열어놓기 위해서 최소 5의 마력이 소모됩니다. 현재 시전자의 마력으로는 최대 121분간 열어놓을 수 있습니다.]

[차원의 문을 열어놓을 시간을 정해주십시오.]

"1분."

그러자 오른팔에 새로운 감각이 느껴졌다.

앞으로 내민 오른팔 전체가 찌릿하며 저렸다. 나는 거점의 한쪽 벽을 향해 의식을 집중하며 말했다.

"차원의 문."

그러자 벽의 한가운데가 아지랑이처럼 일그러지기 시작했다.

동시에 일그러짐의 중심이 넓어지며 공간이 확장되었다. 나는 그 공간을 통해 건너편을 볼 수 있었다.

캄캄하다.

하지만 두렵지는 않았다. 레비그라스는 아직 어둠의 기운이 깔려 있을 테고, 어쩌면 지금이 밤이라 그런 걸 수도 있다.

나는 약간 뒤에 서 있던 스텔라를 돌아보며 말했다.

"그럼 돌아가자, 스텔라. 가서 우리의 새로운 고향을 정화시켜야지."

· 에필로그 ·
문주한의 일기

해방력 1년 1월 1일.

뱅가드가 캄캄했던 것은 단순히 밤이었기 때문이다.

도시는 멀쩡했고, 다음 날 아침이 되자 구름이 잔뜩 낀 것처럼 흐릿하게 밝아졌음.

예상대로 시민들 사이에 언어의 각인을 포함한 모든 각인이 사라졌음. 다들 불편을 겪고 있지만 큰 문제는 없어 보임.

약간의 정보 수집 결과, 내가 처음 보이디아로 떠난 지 20일 정도가 지난 것 같다. 내심 안도.

아침에 뱅가드 시민들의 부탁으로 동쪽의 사막에 샌드 웜을 퇴치함. 샌드 웜 킹에 필적하는 녀석이었음. 새로운 샌드 웜 킹으로 성장하는 도중이었을까?

현장으로 이동, 퇴치, 복귀까지 30분쯤 걸림.

켈리런으로 떠나기 전에 33번가에 있는 '카페 무리스'에 들러 커피를 마심. 카페 무리스는 33번가는 물론 뱅가드에서 가장 유명한 카페가 된 듯.

무리스 노인이 원두값이라고 돈을 상자째 주려는 걸 만류함. 나중에 다시 찾아오기로 약속.

해방력 1년 1월 2일.

켈리런에서 박 소위와 재회함. 규호도 불러서 이야기를 나눴음.

보이디아에서 벌어진 이야기를 모두 풀어놓는 데 3박 4일은 걸릴 줄 알았음. 실제로는 한 시간 만에 끝남. 대신 내가 없던 사이 레비그라스에 있던 이야기를 잔뜩 들었음.

공허 합성체의 공격이 멈춘 이후로 파비앙 왕자가 신생 안티카 왕국을 선언했음. 자유 진영 전체가 안티카 왕국으로 통일되었고, 대신 과거의 각 국가나 지역은 완벽한 자치를 보장받음.

국왕 파비앙은 내가 보이디아에서 돌아오는 그날을 새로운 '해방력' 원년으로 삼는다고 선포해 놓았음.

저녁에 직접 만남. 괜찮다고 했지만 이미 정해진 거라고 극구 반대. 국왕과 앞으로의 이야기를 잠시 나눔. 박 소위에게 일기장으로 쓸 노트를 한 권 준비해 달라고 함.

해방력 1년 1월 3일.

스텔라의 추천으로 일기를 쓰기 시작.

실제로 써본 적이 한 번도 없기 때문에 기록문이나 보고문처럼 작성함.

켈리런에서 축제가 열렸음. 퍼레이드에만 네 시간이 걸림. 스텔라가 웃으라고 해서 네 시간 동안 웃었음. 피곤하다. 체력 스텟이 600을 넘는데도……

안티카 왕국에 임시정부를 세우고 있는 신성제국의 새로운 황제와 만남. 황제는 무릎까지 꿇고 구 제국령에 아직 남아 있는 공허 합성체의 퇴치를 눈물로 부탁. 알았다고 했음.

헤어지기 전에 황제에게 선물로 황가의 보물이라는 정령검을 받음. 루도카 황자의 검이었던 아스제나두였다. 이게 아직 남아 있었다니……

해방력 1년 1월 4일.

지금까지 레비그라스를 지켜낸 지구인들과 만남.

약간은 걱정했지만 큰 문제는 없었음. 다들 강한 동료애와 사명감으로 뭉쳤고, 특별히 이 세상을 지배하거나 날뛰고 싶어 하진 않은 듯.

물론 내 앞이라 이런 걸 수도 있을 듯. 나중에 다시 조사할 필요가 있어 보임. 감정의 각인 결과, 대부분 내게 압도적인 호감과 충성심을 가지고 있다. 실제로 만난 적도 거의 없는데 충성심이라니……

해방력 1년 1월 5일.

엑페가 열흘쯤 전에 실종되었다는 것을 알게 됨. 그리고 축제가 끝나지 않는다.

해방력 1년 1월 6일.

축제가 끝나지 않는다.

해방력 1년 1월 7일.

축제 좀 그만하자.

해방력 1년 1월 11일.

실종된 엑페가 세 명의 지구인과 함께 제국령에 잠입해 있다는 걸 알아냄.

혼자서 제국령으로 출발. 스캐닝으로 확인 결과 제국령에는 총 1,453마리의 상급 공허 합성체가 존재함.

가능한 1월 30일 전까지 정리하고 싶다. 가능할까? 하루에 대충 70마리쯤 잡으면 될 듯.

해방력 1년 1월 16일.

라칸 반도에서 엑페와 재회. 어떻게든 공허 합성체가 적은 곳부터 차근차근 정리하고 싶었다고 함.

안타깝게도 함께 간 지구인 세 명 중 한 명이 사망했음.

실제로는 엑페가 주도해서 함께 떠난 게 아니었음. 혈기 넘치는 세 지구인이 몰래 제국령으로 넘어갔고, 걱정이 된 엑페가 세 사람을 따라간 것이었는데…….

기분이 상해서 오늘만 300마리가 넘게 제거함. 하마터면 지구인들의 실수로 엑페가 죽을 뻔했음. 몇몇 상급 공허 합성체는 최상급에 필적할 정도로 성장해 있다.

해방력 1년 1월 19일.

엑페는 대단하다.

함께 공허 합성체를 처리하고, 이야기를 나누는 와중에 스스로 무언가를 깨달음.

깨달음의 내용은 더 이상 공허 합성체를 잡아도 오러가 오르지 않는 게 자신의 한계가 아닌, 외부의 힘이 자신의 속으로 들어오지 못하게 되었다는 추측.

내가 극한의 부정체와 싸운 이야기를 듣고 힌트를 얻었다고 한다. 정작 나는 잘 모르겠는데…….

어쨌든 엑페의 오러가 800을 넘기고 그랜드 마스터가 됨. 내가 마법을 안 쓰고, 유체 금속 검도 안 쓰면 어느 정도 승부가 되는 것 같음. 가볍게 겨뤄보니 무섭다. 이 여자의 저력은 정말이지…….

해방력 1년 1월 22일.

아무리 꿀과 포션을 마셔대도 정신력이 70 이상으로 회복되지 않는다. 왜일까? 바보가 된 기분. 이야기를 하자 엑페는 자길 놀리냐며 화를 냈다. 엑페의 최대 정신력은 55.

해방력 1년 1월 26일.
구 제국령 해방.
더 이상 레비그라스에 공허 합성체는 한 마리도 없다. 다만 구 제국령은 대부분의 영토가 어둠에 잠겨 있어 사람들이 돌아와 살기엔 아직 힘들 듯.

해방력 1년 1월 28일.
켈리런으로 귀환. 다시 축제가 시작됐다. 축제 좀 그만해……

해방력 1년 2월 2일.
레비그라스 전역에 깔려 있던 텔레포트 게이트가 완전 소멸했기 때문에 교통에 심각한 차질이 생김. 박 소위와 함께 그것과 관련된 이야기를 나눔.
현재 나는 세상에서 유일하게 텔레포트 게이트를 만들 수 있음. 하지만 나 혼자 레비그라스 전체를 돌아다니며 과거의 교통망을 확보하는 건 너무 까마득한 일이다.
박 소위의 요청으로 보급과 유통에 가장 중요한 스물세 개의 텔레포트 게이트를 제작하기로 함. 게이트는 크로니클이 관리하며 약간 과하다 싶을 정도의 통행료를 받을 예정.

이것과 다른 수익을 더해, 최종적으로는 자유 진영 전역에 근대적인 도로망의 구축을 계획.

크로니클의 연구 팀은 이미 내가 엑페에게 선물로 주었던 자동차를 분석하고 있음. 박 소위의 말로는 양산까지 30년을 계획하고 있다고 함.

그런데 30년이면 그냥 내가 레비그라스 전역에 텔레포트 게이트를 설치할 수도 있을 것 같다. 어떻게 할까?

해방력 1년 2월 4일.

스텔라와 몇 가지 중요한 이야기를 나눔. 중요한 일도 함.

해방력 1년 2월 5일.

국왕이 찾아옴. 제발 그냥 파비앙이라고 부르고 말을 놓으라고 애원했음. 그래서 그렇게 하기로 함.

파비앙은 신생 안티카 왕국의 보다 확실한 명분과 자유 진영의 진정한 통합을 위해, 내가 셀리아 왕녀와 혼인하길 요청. 물론 즉시 거절함.

해방력 1년 2월 6일.

셀리아 왕녀가 다시 찾아와서 직접 요청. 다시 거절함.

해방력 1년 2월 9일.

셀리아가 다시 찾아왔다. 세컨드라도 좋으니까 상관없다고,

제발 부탁이니 같이 '아이'를 만들자고 요청.

요구가 너무 노골적이라 당황했다. 셀리아는 둘 사이에 아이가 태어나면 그 아이를 차기 안티카 왕국의 국왕으로 삼겠다고 한다.

그럼 현재 국왕인 파비앙의 자식은 어쩌라고……

해방력 1년 2월 11일.

소문을 들었는지 엑페가 찾아와서 실실 웃으면서 자기와도 아이를 만들자고 요청. 장난인 줄은 알지만 한숨이 절로 나온다.

스텔라도 웃었지만 표정이 마냥 좋아 보이지는 않는다. 위험해……

해방력 1년 2월 14일.

오비탈 차원과 차원의 문을 연결함.

마력을 꽉 채우고 썼더니 161분간 통로를 유지할 수 있었다.

통로는 비샤의 방과 연결됨. 비샤의 방에 건너간 다음 통신으로 루나하이까지 연결함. 그리고 그간 있었던 일들을 모두 설명했다.

그사이에 오비탈 차원은 큰 변화가 생김. 루나하이가 오비탈 전역을 자신의 것으로 통일. 올더 랜드도 지상으로 나와 정식으로 인정받은 듯.

스케라 구덩이에 연일 폭풍이 몰아치고 있다고 함. 무엇이 문제일까? 직접 가서 확인해 볼 시간은 없음. 어쩌면 스케라의 초월체의 문제일지도.

두뇌 칩을 비샤에게 넘겨줄까 하다가 말았다. 아직은 위험함.

필요한 이야기를 빠르게 나눈 다음에 새로운 변환의 반지를 요청했음.

비샤와 루나하이는 이미 개발해 놓은 신형 반지 두 개를 넘겨줌. 그리고 다음에 다시 오면 보다 개선된 물건을 주겠다고 한다. 최신형을 개발 중이라고.

하지만 당장 받은 신형도 성능이 꽤나 발전했음. 최대 스케라 충전량이 700 이상. 한 시간쯤 이야기하고 다시 레비그라스로 복귀.

해방력 1년 2월 17일.

레비그라스에 돌아오니 사흘이 지나 있음. 앞으로는 정말 분 단위로 빠르게 일을 처리해야 할 듯.

해방력 1년 2월 23일.

구 제국령의 한가운데 있는 시픽이라는 도시로 이동.

놀랍게도 폐하가 된 도시의 지하에 아직도 사람들이 살고 있었음.

구조하러 내려가 봤더니 지하로 무려 1km에 가까운 동굴이 이어져 있음. 지하 동굴에는 앞으로도 1년은 더 먹고살 수 있는 보존식이 남아 있었는데, 생존자의 말에 따르면 끌어 쓰던 지하수가 고갈되어 아슬아슬했다고 함.

보이디아의 지하 세계가 생각나서 약간은 감상에 젖음.

생존자 여섯 명이 너무 끔찍하게 더러워서 함께 갔던 엑페가 경악했음.

물론 이들을 구하기 위해서 간 것은 아님.

레비그라스에서 어둠의 기운, 저주의 농도가 가장 높은 장소가 이곳이었기 때문이다. 냉정한 이야기지만…….

해방력 1년 2월 24일.

본격적으로 저주 정화 작업 시작.

보이디아에서 극한의 부정체와 싸웠던 기억을 되살려 검은 기운을 끌어모아 힘으로 전환. 허공에 소드 스톰을 퍼부으며 저주 스텟을 고속으로 변환, 오러의 재충전 작업을 끝없이 반복함.

그런데… 그때처럼 저주의 흐름이 세계 단위로 빠르게 움직이지 않는다. 역시 극한 상황이 아니기 때문일까? 아니면 정신력 문제? 물론 효과가 없는 건 아니지만…….

해방력 1년 2월 26일.

하다 보니 점점 좋아진다.

해방력 1년 2월 28일.

시픽에 오랜만에 태양이 뜸. 아직 흐릿하지만 확실히 어둠이 걷히고 있음.

해방력 1년 3월 13일.

뒤늦게 도착한 제국 황제가 시픽을 새로운 제국의 수도로 삼는다고 선포. 선발대로 1만의 시민과 함께 시픽에 입성.

해방력 1년 3월 16일.

시픽에서 축제가 열린다고 함. 미리 켈리런으로 도망쳤음. 이 사람들 왜 이렇게 축제 좋아하지…….

해방력 1년 3월 17일.

켈리런에서도 축제가 열리고 있음. 태양 축제라나 뭐라나… 파비앙이 직접 찾아와서 켈리런에 태양이 다시 뜬 3월 11일을 명절로 정하고, 열흘 동안 축제를 선포했다고 함.

해방력 1년 3월 18일.

뱅가드로 피신 옴. 근데 여기도 축제 분위기다.

해방력 1년 3월 26일.

보이디아 차원과 차원의 문 연결.

지하 세계의 거점과 연결되었는데 사람이 아무도 없었다. 다들 지상으로 올라간 걸까?

맵온으로 확인 결과 다들 무사하긴 한 듯. 혹시 몰라서 편지를 놓고 10분 만에 돌아옴.

레비그라스는 여섯 시간 정도 지나 있었음. 대체 이건 기준이 뭘까…….

해방력 1년 3월 28일.

레비그라스의 평균 보이디아 침식도(저주)가 10% 미만으로 떨어졌다.

하늘은 원래대로 돌아옴. 나도 더 이상 깊은 산이나 황무지에 들어가서 저주 정화 작업을 할 필요는 없을 듯. 약간의 저주는 여러 가지로 의미가 있을 테니까.

해방력 1년 4월 3일.

파비앙이 저주 정화가 가능한 신관 250명을 한자리에 모음.

한 달쯤 전에 테스트를 해봤는데 그때는 잘 안 됐음. 당시 신관은 내 몸에서 저주를 정화하는 건 손바닥으로 바닷물을 퍼내는 것과 비슷하다고 혀를 내두름.

그래서 250명이 동시에 바닷물을 퍼내기로 함. 저주 스텟이 올라갈수록 실제로는 숫자를 능가하는 압축력이 작용하는 듯. 힘들다.

해방력 1년 4월 5일.

사흘 만에 신관들이 몽땅 항복.

그래도 저주 스텟의 최대치가 1,200까지 떨어짐.

어쩌면 이 정도에서 멈춘 게 잘된 것일지도 모른다. 여기서
더 떨어지면 세계의 저주의 흐름을 내 마음대로 컨트롤할 수
없게 될지도.

파비앙은 한 달쯤 휴식한 이후에 다시 하자고 함. 나는 훗날
을 대비해 이쯤에서 멈추는 게 좋겠다고 결정.

해방력 1년 4월 9일.

오랜만에 뱅가드에서 옛 동료들과 만남.

램지, 빅터, 커티스, 빅맨, 도미닉, 스네이크아이.

다들 건강했다. 램지는 자신의 전공을 활용해 언어 강습 학
원을 열었음. 서로 다른 언어를 교육하고, 최종적으로 공용어
로 쓸 수 있는 말을 만들어내는 게 목표라고 함.

빅맨과 저주 마법에 대해 많은 이야기를 나눴음. 커티스의
몸에서는 과거에는 몰랐던 희미한 레비의 기적을 느낌. 그가
텔레포트를 쓸 수 있던 건 강제 전이 중에 레비의 축복이 희미
하게 깃들었기 때문일까?

점심쯤 만났는데 한밤중이 되어도 이야기가 안 끝남. 술을
엄청나게 마심. 하지만 전혀 안 취한다.

해방력 1년 4월 21일.

지구와 차원의 문을 연결.

통로는 카슈미르 지방에 있는 인류 해방군의 회의실과 연결되었다. 지구는 별문제 없는 듯. 물론 차원경으로 대충 확인했지만 이것도 몇 달 전의 일이니……

1차로 지구로 돌아가고 싶어 하는 지구인 19명을 선발.

모두 무사히 돌려보냈다.

급하게 미국 대통령과 통화. 몇 가지 새로운 약속과 계약을 했음.

그사이 지구에는 미약하게나마 오러나 마법을 쓸 수 있는 어린아이들이 생겨나기 시작한 듯. K2에 씨앗을 심어놓은 효과겠지……

이제 와서는 약간 경솔했다는 생각이 든다. 성물을 다시 회수할까 고민하다 포기. 시간도 없고… 새로운 아이들이 부디 분쟁의 싹으로 자라지 않기를 바랄 뿐.

박 소위의 요청으로 인류 해방군에 차량 몇 대를 요구. 기지에 일반 승용차가 없는 관계로 군용 트럭 세 대와 탱크 한 대를 시공간의 주머니에 집어넣었음. 기름과 각종 보급품을 잔뜩 챙김. 탱크를 집어넣는 순간 날 보던 군인의 눈빛을 잊을 수가 없다.

해방력 1년 5월 6일.

그사이 큰일이 있었다.

레비그라스에 남기로 한 지구인 소드 마스터 중 여섯 명이 제국령에 잠입함. 막 재건을 시작한 도시에 난입해서 레비의 신전을 몽땅 때려 부숨.

제국민 중 일부는 여전히 레비를 믿고 있었고, 그들은 적극적으로 신전 부흥 운동을 벌이고 있었다. 그게 지구인들의 트라우마를 자극한 듯.

일단 억지로 뜯어말렸음. 그 과정에서 전투가 벌어졌고, 지구인 세 명이 크게 부상.

나중에 진압이 너무 과했다고 사과함. 정신 차린 지구인들은 땅에 머리를 조아림. 그러다가 한 명은 지구로 돌아가겠다고 마음을 바꿈.

과연 지금 시점에서 소드 마스터를 지구로 보내는 게 올바른 결정일까? 한동안 고민해 봐야 할 문제다.

해방력 1년 5월 27일.

라칸 반도의 폐광으로 다시 내려감.

대지의 정령왕 가이린을 만나 이야기를 나눴음. 가이린은 자신의 힘을 주겠다고 했지만 문장이 새겨질 곳이 '이마'라는 소리를 듣고 거절함.

다행히 오른쪽 손목으로 합의를 봄. 가이린의 말로는 마법을 쓰는 데 약간의 장애가 올 수도 있다는데… 큰 상관은 없겠지.

해방력 1년 6월 7일.

지구와 다시 차원의 문을 연결.

2차로 지구로 돌아가고 싶어 하는 지구인 20명을 돌려보냄.

회의실에는 내가 부탁한 커피나무 묘목은 물론, 전문가들이 작성한 다양한 커피나무 육성법이 담긴 태블릿이 준비되어 있었음.

그리고… 미국 코넬 대학의 교수인 크리스토퍼가 레비그라스로 직접 넘어옴. 농업이 전공인 교수는 앞으로 몇 년간 이곳에 머물며 레비그라스의 생태를 조사하고, 동시에 커피나무가 정착할 수 있도록 수고해 주기로 했음.

47살인 교수는 아내와 두 명의 자식이 있다는데… 그래도 상관없다고 함. 원래는 우주의 극한 환경에서 가능한 농업을 연구하고 있었다는 듯. 꽤나 진취적인 인간인 것 같다.

마지막으로 영상 편지를 받아옴. 뭔가 하고 봤다가 가슴이 아련해짐.

해방력 1년 6월 12일.

박 소위와 마리아가 결혼식을 올림.

박 소위의 말로는 더 이상 지구에 대한 미련을 끊고, 몸도 마음도 확실하게 레비그라스에 정착하기 위한 과정이라고 함.

변명이 거창하기는… 실제로는 속도위반이었고, 굉장히 쑥스러워했음.

축가는 규호가 부름. 코믹한 광경을 기대했는데 놀라울 정도로 노래를 잘 부른다. 워울프는 원래 목청이 좋으니까…….

해방력 1년 6월 21일.

루그란트 숲의 그레이 엘프들과 만남.

암흑 시대 때 숲이 시들어 꽤나 고생을 한 듯. 내가 없는 사이에 카라돈 산맥의 엘프들이 사절을 보내 교류를 했고, 덕분에 그쪽에서 보낸 피부가 하얀 엘프 스무 명이 마을에 같이 살고 있었음.

분위기는 어쩐 역전된 듯. 그레이 엘프는 암흑 시대에도 마력을 잃지 않았지만, 기존의 엘프들은 굉장히 약화되어 종족 전체가 위기에 처했다고 한다. 아무래도 서로의 피를 섞는 것이 엘프가 생존할 길이라고 파악한 것 같은데…….

마음에 안 든다. 하지만 내가 간섭할 일은 아니겠지.

해방력 1년 7월 3일.

지구와 다시 차원의 문을 연결.

빅터, 커티스, 도미닉, 스네이크아이가 지구로 돌아가기로 함. 전에 인류 해방군과 미국 대통령에게 이야기를 해놨으니 대접은 훌륭하게 받을 듯.

빅터와 커티스는 원래 레비그라스에 남으려 했다. 하지만 저번에 지구에 갔을 때 받아 온 가족들의 영상 편지에 마음이 꺾인 듯. 언젠가 반드시 돌아오겠다며 헤어짐.

해방력 1년 7월 24일.

죽을 뻔했다.

보이디아에서 극한의 부정체를 상대로도 승리하고 살아 돌아온 내가, 설마 레비그라스에서 죽음의 위기를 겪게 될 거라고는 상상도 못 했다.

문제는 바람의 정령왕인 쿨로다. 바람 계곡에 이변이 생겼다고 해서 가봤는데… 쿨로다의 상태가 돌변해서 폭주하고 있었음.

대화가 안 통해서 바로 전투 시작. 정령왕이 진심으로 상대를 죽이려고 할 때 어떤 힘을 낼 수 있는지 실감함.

간단히 말해서 지형이 바뀌었다. 칼날 산맥은 산맥의 지맥이 끊김. 중간에 거대한 공터가 생겼다.

어쨌든 죽지 않고 이김.

힘을 잃은 쿨로다는 그제야 정신을 차림. 이야기를 나눈 결과, 아무래도 보이디아 차원에서 쿨로다의 힘으로 저주의 흐름을 컨트롤한 게 원인이었던 듯.

서로 다른 차원에서 벌어진 일인데 그게 본체에 영향을 줄 줄이야… 여러 가지로 생각해 볼 만한 사건이었음.

심각한 부상과 오른팔이 반쯤 떨어져 나감. 다행히 박 소위와 파비앙이 비밀리에 파견했던 수행단이 도착해서 치료해 줌. 그때 한군데 모인 250명의 신관들은 아무래도 파비앙의 직속 신관 부대가 된 듯.

해방력 1년 8월 1일.

오비탈 차원과 차원의 문을 연결.

재빨리 최신형 변환의 반지를 받고, 슌에게 필요할지 모르는 세컨드 보디를 건네받음.

루나하이는 그새 엄청난 글래머인 새 보디로 몸을 바꾼 듯. 과시하듯 노출하기에 그냥 레비그라스로 몸을 돌렸다.

해방력 1년 8월 21일.

파비앙과 한참 동안 상의했음. 결론적으로 레비그라스에 남기로 한 지구인 소드 마스터 전원이 안티카 왕국의 흑룡기사단에 가입하게 됨.

아무래도 레비그라스에 남은 이 인간들을 컨트롤하기 위해서는 좀 더 고전적인 가치관에 기대는 게 좋을 것 같다.

기사 단장으로 엑페가 취임하며 단원들을 휘어잡고, 파비앙과 셀리아에 대한 충성심에 기대야 할 듯.

일단 셀리아의 미모가 도움이 되는 듯.

몇몇 지구인은 셀리아에게 대단히 열을 올리고 있음.

파비앙의 이야기로는 셀리아도 마냥 싫어하지는 않은 듯.

해방력 1년 9월 1일.

보이디아와 차원의 문을 연결.

지하 세계의 거점엔 여전히 아무도 없었다.

대신 편지 두 통과 페트병에 담긴 혈청 여섯 병이 놓여 있었음.

편지는 슌과 김 소위가 각각 쓴 듯. 그동안의 과정과 지상에 진출한 결과, 그리고 미래의 계획을 자세하게 적어놓았다.

아무래도 슌은 이곳이 정말 마음에 드는 것 같다. 나는 루나하이에게 받아온 새로운 보디와 함께 선물로 지구에서 가져온 몇 가지 보급품을 놔둠.

전에 루나하이에게 들은 말로는 슌이라면 상황에 따라 새로운 보디를 알아서 잘 쓸 테니 설명은 필요 없을 거라고 한다. 어쨌든 지상에 올라가 보고 싶지만 꾹 참고 돌아옴.

해방력 1년 9월 6일.

규호가 카라돈 산맥에 있는 워울프 부족으로 돌아감.

인간처럼 사는 것도 질렸다며, 가끔은 야생적으로 활개 치겠다고 함.

아무래도 박 소위 부부를 보고 마음이 동한 듯. 알아서 하라고 했음.

해방력 1년 9월 26일.

스텔라가 아이를 낳았다.

예정보다 살짝 이름. 남자아이. 이름은 예정대로 레너드라고 지었다. 레너드 문.

해방력 1년 9월 27일.

뱅가드에서 축제가 벌어짐. 레너드의 탄신 축제라는데… 아기와 산모가 힘들지 모르니 조용히 하라고 함.

덕분에 사흘간 도시가 완전히 침묵함. 이런 걸 바란 건 아닌데⋯⋯.

해방력 1년 9월 28일.
엑페가 찾아와서 레너드의 대모가 됨. 지구인과 사귀는 것 같은데 아무래도 잘 안 되는 듯.

해방력 1년 10월 9일.
엑페와 진검 승부를 벌였다.
10분쯤 싸우고 승부를 멈춤. 아무리 사막에서 싸운다고 해도 환경의 파괴가 너무 심각하다.
앞으로는 더 이상 이런 식으로 겨룰 일이 없을 듯. 오러를 발동시키지 않고 승부를 겨루는 방식이 필요함.

해방력 1년 11월 6일.
제국령인 에오라스 지방에서 벌꿀을 보내옴.
다시 꽃이 피기 시작했고, 용케 생존한 벌들이 다시 일을 시작한 듯.
그런데 지금은 11월이다. 파비앙이 마음대로 역법을 바꿔 버린 덕분에 계절 감각이 개판이 된 듯.

해방력 1년 12월 26일.
레너드 탄생 100일이라며 축제 시작. 제발 그만해⋯⋯.

해방력 2년 1월 1일.

해방력 1주기라며 또 축제 시작.

1년에 두 달은 축제를 벌이는 듯. 이젠 그냥 아무래도 상관
없어…….

『리턴 마스터』 완결

초대형 24시 만화방

신간 100%, 샤워실, 흡연실, 수면실(침대석), 커플석, 세탁기 완비

▪ 광명 광명사거리역점 ▪

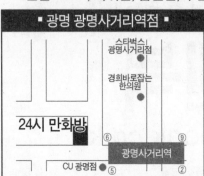

경기도 광명시 오리로 986 광명사거리역 6번 출구 앞 5층
02) 2625-9940 (솔목타워 5층)

▪ 강북 노원역점 ▪

서울 노원구 상계동 340-6 노원역 1번 출구 앞 3층
02) 951-8324 (화용빌딩 3층)

▪ 일산 정발산역점 ▪

라페스타 E동 건너편 먹자골목 내 객잔건물 5층
031) 914-1957

▪ 일산 화정역점 ▪

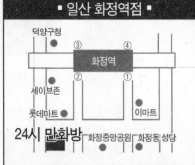

경기도 고양시 덕양구 화정동 984번지 서일빌딩 7층
031) 979-4874 (서일사우나 건물 7층)

▪ 부천 역곡역점 ▪

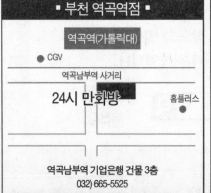

역곡남부역 기업은행 건물 3층
032) 665-5525

▪ 부평역점 ▪

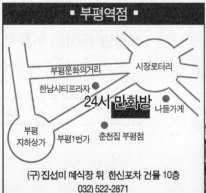

(구)진선미 예식장 뒤 한신포차 건물 10층
032) 522-2871

킹묵 장편소설

여섯 영혼의 노래, 그리고 가수

FUSION FANTASTIC STORY

서번트 증후군(Savant syndrome).
자폐증을 앓고 있지만,
음악적 재능만큼은 타고난 윤후.

어느 날, 윤후에게 다섯 영혼이 찾아왔다!
그런데… 모두 음악에 관련된 사람들이라고?

여섯 명이 만드는 노래, 그리고 가수.
이 세상 음악 시장에 새로운 지평을 열다.

Book Publishing CHUNGEORAM

유행이 아닌 자유추구 -
WWW. chungeoram.com

배우, 미친흡입력

이산책 장편소설

FUSION FANTASTIC STORY

**세계 최고의 스타 배우,
라이더 베스.**

온갖 사건 사고에 휘말린 후 약물 과다 복용으로 사망.
한국의 무명 스턴트맨 김태웅의 몸으로 깨어나다?

조용한 삶을 살고자 하는 그의 귓가에 들리는 소리.

[배우의 꿈(Actor'S Dream) 시스템을 시작합니다!]

어차피 스타, 될 놈은 된다!